그래, 이 맛에
사는 거지

IF THIS ISN'T NICE, WHAT IS?
by Kurt Vonnegut

이 도서의 국립중앙도서관 출판예정도서목록(CIP)은
서지정보유통지원시스템 홈페이지(http://seoji.nl.go.kr)와
국가자료공동목록시스템(http://www.nl.go.kr/kolisnet)에서 이용하실 수 있습니다.
(CIP제어번호: CIP2017000201)

졸업을 앞둔 너에게

그래, 이 맛에
사는 거지

커트 보니것 지음

김용욱 옮김

KURT
VONNEGUT

IF THIS ISN'T NICE, WHAT IS?

문학동네

차례

서문 | 우리 시대를 대표하는 진실을 말하는 자, 커트 보니것 7

바칼로레아 21

일러두기

1. 주석은 모두 옮긴이주이다.
2. 본문 중 고딕체는 원서에서 이탤릭체나 대문자로 강조한 부분이다.

우리 시대를 대표하는 진실을 말하는 자, 커트 보니것

1969년 소설 『제5도살장』의 출간으로 세계적 호평을 받은 이후, 커트 보니것은 미국에서 가장 인기 있는 졸업식 연설자가 되었다. 그의 첫 베스트셀러가 출간되기 전부터 보니것은 1960년대 청년들의 언더그라운드 영웅이었다. 당시 청년들은 새로운 세계관에 목말라 있었고 기성 질서의 대안을 찾던 중이었다. 『제5도살장』 덕분에 보니것의 이름을 누구나 알게 되기 전부터 대학생들은 『고양이 요람』이나 『타이탄의 미녀』와 같은 보니것의 초기 작품들을 페이퍼백이 너덜너덜해질 때까지 돌려가며 읽었다. 1950년대 〈콜리어〉와 〈새터데이 이브닝 포스트〉를 비롯한 주간지들에 발표된 매우 초기 단편들부터 보니것의 작품은 청년들을 향해 있었고, 이후로도 그 호소력은 사라지지 않았다. 미국 전역의 대학과 고등학교에서 그의 장편, 단편, 에세이들을 가르치고 있으며, 매사추세츠 대학교 보스턴 캠퍼스의 숀 오코넬 교수는 이렇게 말했다. "학생들은 더 이상 업다이크나 벨로를 읽으려 하지 않지만, 보니것은 여전히 사랑한답니다."

보니것은 1960년대 청년의 '대변인'이자 반문화의 영웅으로 찬양받았지만, 역설적이게도 그는 '반반문화'적 인물이었다. 보니것은 내면과 세계의 평화 달성에 대해 쉽게 말하고 다니는 마하리시 마헤시 요기*를 풍자하며 잡지 〈에스콰이어〉에 '그래요, 우리에게 열반이란 없어요'라는 제목의 글을 기고했다. 선종과 같은 동양 명상법이 유행하자, 보니것은 서양에도 동일한 효과를 얻을 수 있는 방법이 존재한다고 주장했다. 심장박동을 늦추고 마음에 평안을 주는 이 방법을 보니것은 '단편소설 읽기'라 불렀다. 그는 이것이 '불교식 선잠' 같은 훈련이라고 했다. 그러나 보니것은 청년 문화에 존중할 점이 하나도 없다고 여기던 당시 어른들과 달랐다. 그는 "예술가의 본분은 사람들 기분을 전보다 좋게 해주는 것"이라 했고, 그런 경우를 본 적이 있느냐는 질문에 이렇게 대꾸했다. "그럼요, 비틀스가 그렇게 하더군요."

보니것은 또한 블루스와 재즈를 즐겼다. 그는 절친한 문학 평론가에게 보내는 편지에 이렇게 적었다. "어린 시절 인디애나폴

---

* 초월명상법의 창시자(1917~2008). 비틀스와 만난 후 유명해졌다.

리스의 동네 재즈 연주자들이 나를 흥분시키고 행복하게 했지."

보니것은 마약에 대단한 효과가 있다고는 생각하지 않았다. 이 책에도 수록된 어느 연설문에서 그는 청중들에게 이렇게 말했다. "저는 헤로인, 코카인, LSD 등에 늘 겁을 집어먹었습니다…… 그레이트풀 데드*의 제리 가르시아와 친해지려고 마리화나 한 대를 같이 피운 적이 있었습니다. 저는 아무런 효과도 느끼지 못했고, 그뒤로 다시는 피우지 않았답니다."

히피라면 그렇게 말하지 않았을 것이다. 그즈음 저명한 히피였던 작가 레이먼드 먼고는 버몬트 주 브래틀버러에서 시작한 자신의 코뮌**으로 나와 보니것을 초청했다. (먼고의 회고록 『토탈 로스 팜』에 이때의 코뮌 경험에 대한 서술이 나온다.) 먼고는 그와 친구들이 코뮌을 시작하고 단순하게 "땅을 일구며 먹고사는" 방법을 배우려 한 이유 중 하나가 "지구상의 마지막 인간이 되고 싶어서"라고 했다. 그러자 보니것이 말했다. "되고 싶은 것치고 너무 건방지지 않아?"

말을 하고 글을 쓸 때마다 보니것은 사람들이 생각만 하고 말로는 꺼내지 않는, 내면의 감정을 표현하고 예상을 뒤엎고 사물

---

* 1960년대 후반 히피 문화를 대표한 록 밴드. 제리 가르시아는 이 밴드의 기타리스트였다.

** 공동생산, 공동소유를 기반으로 한 자발적 공동체. 당시 히피들 사이에서 유행했다.

을 완전히 새로운 각도에서 보게 하는 꾸밈없는 단어와 구절 들을 찾아냈다. 보니것은 껄끄러운 문제를 꼭 집어 가리키는 사람이자 벌거벗은 임금님을 볼 수 있는 사람이었다.

1970년에 나와 보니것을 코뮌으로 안내했던 레이먼드 먼고는 최근에 내가 편집한 보니것 서간집을 읽고서 내게 이런 이메일을 보내왔다. "커트는 중요한 작가였고, 여전히 중요한 작가이며, 우리 세대를 뛰어넘어 꾸준히 읽힐 것입니다." 보니것의 신세대 팬들이 그의 작품을 접한 건, 2005년 보니것이 존 스튜어트가 진행하는 〈데일리 쇼〉에 신간 『나라 없는 사람』을 가지고 출현했을 때였다. 「해리슨 베르예론」처럼 고등학교에서 배우는 보니것의 작품들은 여전히 십대들에게 감동을 주고 있다.

보니것은 일부러 독자의 수준에 맞춰 쉽게 쓰지도 않았고, 지혜를 준답시고 어렵게 쓰지도 않았다. 그는 심오하면서도 종종 유쾌했고, 졸업식 연설에서도 그의 말하는 방식이나 자세는 마찬가지였다. 보니것은 졸업생들이 젊다고 해서 그들을 자신과 다르거나 미숙한 존재로 대하지 않았다. 그는 세대 일반화를 경멸했다. 언젠가는 졸업생들에게 이렇게 이야기했다. " …… 우리는 서로 다른 별개의 세대에 속한 구성원들이 아닙니다. 우리가 에스키모와 오스트레일리아 원주민만큼이나 서로 다르다고 믿게 만들려 하는 사람들도 있습니다. 우리는 모두 같은 시간을 살며 떼어낼 수 없는 사이이기 때문에 우리는 서로를 형제자매로 여겨야 합니다…… 나의 아이들이 이 행성에 대해 불평할 때마다 저는 이렇게 대꾸합니다. 조용히 해! 나도 여기 좀 전에 도착했어." (보니것에게는 친자가 셋 있었고, 두번째 부인 질 크레멘츠와 함께 입양한 막내 릴리를 포함해 입양자녀가 넷 있었다.)

보니것은 인기 있는 졸업식 연사였지만, 정작 그 자신에게는 대학 졸업장이 없었다. 그는 제2차세계대전 때 코넬 대학을 떠나 육군에 입대했고, 육군은 그로 하여금 버틀러 대학에서 세균학을, 카네기 공과대학과 테네시 대학에서 기계공학을 공부하게 했으며, 그다음에 보병대에 배치해 총을 들게 했다. 그는 벌지 전투*당시 106보병대에서 정찰대로 근무하다가 독일군에 잡혀 드레스덴에 있는 포로수용소로 보내졌다. 그곳에서 보니것은 '제5도살장'이란 이름의 지하 고기 창고에 격리되어 있다가 우연히도 드레스덴 폭격**에서 살아남을 수 있었다. 귀환 이후 그는 제대군인원호법의 도움으로 시카고 대학 인류학과에서 공부하며 시카고 시티 보도국에서 일했다. 보니것은 석사 학위를 따기 위해 필요한 모든 과정을 이수했지만, 그의 석사 학위 논문 구상은 거절당했고, 그는 제너럴일렉트릭 사의 홍보부에 일자리를

---

* 제2차세계대전 서부전선에서 독일군과 연합국 사이에 있었던 전투. 이때 독일군이 최후의 공세를 펼쳤다.
** 제2차세계대전 막바지인 1945년 2월 13~14일 미국과 영국이 드레스덴에 대규모로 퍼부은 폭격. 드레스덴 도심 거의 대부분이 파괴되었다.

얻었다. 오랜 시간이 지나고 그가 유명해진 뒤에야 시카고 대학은 그에게 명예 학위를 수여했다.

"사는 게 다 그런 거죠……"

보니것은 마흔일곱 살에 작가로서 명성을 얻었다. 그전까지는 대가족을 부양하기 위해 늘 고군분투했다. 아내와 세 자녀뿐 아니라, 마흔한 살의 나이에 암으로 세상을 떠난 누나의 자녀 셋, 즉 조카들까지도 입양하여 부양해야 했다. 매형은 통근열차가 다리에서 탈선하는 사고로 누나보다 하루 먼저 눈을 감았다. 1950년대에 발행된 대중 주간지들이 그의 단편들을 구매해준 덕분에 보니것은 제너럴일렉트릭 사를 떠날 수 있었다. 그러나 텔레비전의 등장과 함께 잡지들이 폐간되자 보니것은 생계를 유지하기가 어려워졌다. 그는 신형 나비넥타이에 대한 아이디어를 셔츠 회사에 파는 데 실패했고, 신형 보드게임을 만들지도 못했으며, 미국에서 사브* 자동차가 아직 생소한 이름일 때 대리점을 열었다. 그리고 대리점이 망하자, 보스턴으로 출퇴근하면서 광고 회사에서 카피라이터로 일했다. 영문학을 가르치려 케이프코드 커뮤니티 칼리지에 지원했다가 거절당했고, 학교에서 문제아들을 가르쳤고, 구겐하임 장학금**을 신청했지만 또 거

---

* 스웨덴 자동차 브랜드.
** 구겐하임기념재단에서 창의력이 뛰어난 학자와 예술가 들에게 수여하는 장학금.

절당했다. 보니것은 이 모든 일을 겪으면서도 쉬지 않고 글을 썼다. 2007년 여든네 살의 나이로 세상을 떠났지만 마지막까지 펜을 놓지 않았다.

보니것은 조언을 구하는 청년들에게 벼락 성공을 위한 싸구려 공식이나 비현실적이고 흔해빠진 말을 전할 생각이 없었다.

틀에 박힌 연설문을 대학 이름만 바꿔가며 낭독하는 대다수의 졸업식 연사들과 달리, 보니것은 이제 막 만들어진 것, 생각할 거리를 주는 새로운 아이디어와 새로운 이야기, 새로운 재치와 도발적 표현들을 내놓았다. 물론 보니것에게도 애지중지하며 거의 모든 연설마다 이야기하는 주제들이 있었다. 선생님들에 대한 감사라든가, 잠시 멈춰 서서 작지만 소중한 일상의 순간을 느끼고 인정하며 "그래, 이 맛에 사는 거지"라고 말하던 알렉스 삼촌 이야기 같은 것들 말이다. 그가 졸업생들에게 전하는 메시지들이 전부 유머러스하고 가벼운 내용인 건 결코 아니었다. 그는 언제나 지구의 파괴에 절망했고, 나이와 지위라는 안전지대에 숨어서 우리를 전쟁터로 보내는 정치인들을 경멸했다. 또한 우리에게는 과거 사회를 지탱하던 대가족과 사춘기 의식儀式이 필요하며, 그것들이 부재한 탓에 현대사회가 병들어가고 있다고 주장했다.

보니것은 "작가는 무엇보다도 스승이다"라고 썼고, 그의 졸업식 연설에는 그의 모든 작품들의 밑바탕에 깔린 교훈이 담겨 있었다. 그의 초기작에서 어느 등장인물은 그 교훈을 퉁명스러운 투로 이렇게 말했다. "내가 아는 규칙은 딱 하나야—젠장, 사람들에게 친절해야 한다는 거." 보니것은 예수를 "가장 위대하고 가장 인도적인 인간"이라고 찬양했지만, 독일 자유사상가의 오랜 전통에 따라 기독교 신자가 되지는 않았다. 뉴욕 세인트클레멘스 성공회 교회에서 있었던 연설('종려주일')에서 보니것은 이렇게 말했다. "저는 산상수훈*에 매료되었습니다. 자비를 베풀어라, 제 생각에 이건 우리가 지금까지 떠올린 생각 중 유일하게 훌륭한 것입니다. 머지않아 우리는 훌륭한 생각을 하나 더 떠올리겠지요. 그러면 우리는 훌륭한 생각을 두 가지나 갖게 됩니다."

보니것은 미국휴머니스트협회의 명예회장이었고 연설중에 이런 말을 하기도 했다. "우리 휴머니스트들은 사후세계에서 받을 보상이나 처벌을 전혀 의식하지 않고 최대한 올바르게 행동하려 합니다. 그리고 우리가 친밀감을 느끼는 유일한 추상적 존재에게 최선을 다해 봉사합니다. 그 추상적 존재는 바로 공동체입니다."

보니것은 우리 모두 각자의 공동체에 봉사해야 한다고 굳게

---

* 예수가 갈릴리의 작은 산 위에서 제자들과 군중에게 행한 설교. '여덟 가지 참행복'이라는 의미의 팔복을 중심으로 윤리적 행동에 대한 예수의 가르침이 집약되어 있다.

믿었다. 그 공동체가 무엇이든, 어디에 있든 상관없이 말이다. 보니것은 졸업생들 중 일부는 '극소수의 저명인사'가 되어 전국을 무대로 활동하겠지만, 대부분은 그렇지 않다는 걸 알고 있었다. 그는 이렇게 말했다. "여러분은 여러분이 속한 공동체를 건설하거나 키우는 일에 종사하고 있는 자신을 발견하게 될 겁니다. 만약 이것이 여러분의 운명이라면 그 운명을 사랑하십시오. 공동체야말로 이 세상에서 가장 실제적인 것입니다. 나머지는 거품에 불과합니다. 여러분과 같은 자유분방한 세대에게는 뉴욕, 워싱턴 DC, 파리, 휴스턴은 물론 호주의 애들레이드, 상하이, 쿠알라룸푸르도 자신의 공동체가 될 수 있습니다."

혹은 당신이 태어나고 자란 도시나 마을일 수도 있다. 보니것과 나는 인디애나폴리스에서 태어나고 자랐지만, 대학에 가기 위해 그곳을 떠났고 멀리 떨어진 곳에서 살았다. 한번은 보니것과 함께 뉴욕 거리를 산책하는데 그가 나를 돌아보더니 이렇게 말했다. "이봐 댄, 작가가 되려고 고향을 떠날 필요는 없었어. 다른 곳에 사는 사람들과 마찬가지로 그곳 사람들도 똑똑하고 멍청하고 친절하면서도 잔인하니까." 보니것은 쇼트리지 고등학교에서 공부한 걸 자랑으로 여겼다. 당시 그는 교내신문인 〈데일리 에코〉에서 일했고, 십 년 뒤에 나도 그랬다. 어느 인터뷰에서 "그런 급진적인 사상은 어디서 얻으셨나요?"라는 질문을 받자, 보니것은 주저 없이 자랑스럽게 대답했다. "인디애나폴리스에 있는 공립학교요."

보니것은 자신이 사는 지역공동체 활동에 참가했다. 스케넥터디에 살면서 제너럴일렉트릭 사에서 일하던 시절 그는 뉴욕 앨플라우스의 자원봉사 소방대 활동에도 참여했다. 그가 케이프 코드의 반스터블에 살 때, 그와 아내 제인은 지역공동체를 위해 명저 강좌를 열기도 했다. (제인은 스워스모어 칼리지에 다니던 시절 파이 베타 카파*의 회원이었고, 신혼여행중에는 보니것에게 『카라마조프가의 형제들』을 읽게 했다.) 보니것은 뉴욕으로 이주한 후에 미국 PEN 활동에 열심히 참여해 부회장직을 역임했고 전 세계 작가들의 권리를 위해 투쟁했다.

보니것의 생각으로는, 만약 우리가 대도시나 외국에서 살 운명이 아니라면 자신에게 알맞은 자리를 찾고 성취감을 느낄 수 있는 곳에서 봉사하는 것도 매우 중요하고 존경받을 만한 일이었다. 다른 곳에서 볼 때 그곳이 아무리 작고 볼품없더라도 말이다. 그의 친구이자 교사, 문학평론가인 클린코위츠가 아이오와의 작은 마을에서 동해안의 좀더 명망 있는 마을로 이사를 가는 문제에 관해 보니것에게 자문을 구했을 때 보니것은 이렇게 답했다. "나는 자네가 지금 있는 곳이 자네를 매우 높이 평가하고 또 몹시 필요로 하고 있다는 걸 확신하네. 아주 좋은 환경이

---

* 미국 대학 우등생들의 친목 단체.

지. 동부로 이주한다면, 자네 삶은 인간미를 잃어버리게 될 거야." 클린코위츠는 보니것의 조언에 따라 원래 살던 곳에 머물렀다. 그는 훗날 나에게 이렇게 말했다. "그건 정말 생애 최고의 조언이었어."

책, 단편소설, 에세이에서와 마찬가지로 보니것은 연설에서도 많은 사람들이 '꼭 듣고 싶어하는' 메시지를 전달했다.

"저는 여러분과 비슷하게 느끼고 생각합니다. 여러분이 소중히 여기는 것들을 저도 대부분 소중히 여깁니다. 다른 사람들이 그것들을 신경쓰지 않더라도 말입니다. 여러분은 혼자가 아닙니다."

이 책에 수록된 연설들은 대부분 졸업 연설이지만, 인디애나 인권옹호연맹과 칼샌드버그 문학상 시상식에서 했던 연설도 실려 있다. 이 두 연설을 통해 그는 졸업생뿐 아니라 모든 청년들에게 의미 있는 이야기를 전했다. 이 두 연설에는 노스다코타 주 드레이크의 교육위원회 의장에게 보내는 메시지도 포함되어 있다. 그 의장은 『제5도살장』을 금서로 지정했을 뿐 아니라 책 한 권을 학교 난로에 불태우기까지 했다.

"당신이 다른 교양인들처럼 제 책들을 읽는 노력을 했다면, 그 책들이 섹시하지도 않고, 어떤 야만적 행위도 찬양하지 않음을 알아챘을 겁니다. 제 책들은 사람들이 지금보다 더 친절하고 책임감 있게 행동할 것을 촉구하고 있을 뿐입니다. 일부 등장인물들의 말이 거친 것은 사실입니다. 그건 현실에서 사람들이 거친 말을 쓰기 때문입니다. 가령 군인과 육체 노동자들이 거칠게 말하죠. 세상 물정을 전혀 모르는 아이도 이걸 압니다. 우리는 그런 말들이 우리 아이들을 그렇게까지 망치지는 않는다는 사실을 압니다. 우리가 어렸을 때도 그런 말이 우리를 망친 건 아니었습니다. 우리에게 상처를 준 것은 사악한 행동과 거짓말이었죠."

당신은 보니것의 조언에서 거짓을 발견하지 못할 것이다. 그는 우리 시대를 대표하는, 진실을 말하는 자였다.

댄 웨이크필드*

---

* 미국 소설가(1932~).

바칼로레아

제 질문에 손을 들어 답해주십시오.

입학식부터 졸업식까지,

학교를 다니던 어느 순간이든,

여러분이 믿었던 것보다

삶을 더 흥분되고,

자랑스럽게 만들어준

선생님을 만난 적이 있습니까?

좋습니다!

자, 이제 손을 내리고 다른 사람들에게

그 선생님의 성함과 그 선생님이

여러분에게 무엇을 해주었는지 말해주세요.

다 하셨나요?

감사합니다, 운전 조심하세요,

그리고 행운을 빕니다.

1
돈도 벌고 사랑도 찾는 법
1978년 5월 20일
프레도니아 칼리지(뉴욕 주 프레도니아)

"핵심은 여러분의 삶에 더 많은 사람들을 데려오는 것입니다.
그 조직의 구성원들 가운데 상당수 혹은
전부가 멍청이일지라도 상관없습니다."

여러분의 졸업 대표가 저에게 "난 요즈음 젊은이가 아니어서 다행이야"라는 말을 듣는 데 신물이 났다고 이야기했습니다. 그 말을 듣고 제가 할 말은 이것밖에 없습니다. "난 요즈음 젊은이가 아니어서 다행이야."

여러분의 총장님께서는 여러분에게 작별 인사를 할 때 그 어떤 부정적 생각도 하기 싫으시다며 제게 다음과 같은 공지사항 전달을 요청하셨습니다. "주차비를 납부하지 않은 학생들은 이곳을 떠나기 전에 완납하기 바란다. 아니면 졸업장에 못된 장난을 쳐놓을 테다."

어린 시절 인디애나폴리스에 킨 허버드라는 유머 작가가 살았습니다. 허버드는 〈인디애나폴리스 뉴스〉에 짧은 글을 매일

기고했습니다. 인디애나폴리스는 유머 작가가 절실히 필요한 곳이었죠. 허버드는 종종 오스카 와일드만큼 재치가 넘쳤습니다. 예컨대, 그는 술을 아예 없애느니 금주가 낫다고 말했습니다. 또한 니어비어*란 이름을 붙인 사람은 거리 감각이 형편없는 게 틀림없다고 말하기도 했고요.

인생에서 정말 중요한 것들은 이곳에서 사 년에 걸쳐 배웠을 테니 제가 오늘 덧붙일 건 거의 없을 거라고 생각합니다. 저는 운이 좋았습니다. 왜냐하면 제가 할 이야기는 딱 하나밖에 없거든요. 여러분, 이것이 종말입니다. 유년기의 종말입니다. 베트남 전쟁 때 흔히 하던 말로 "참 안됐습니다".

여러분 중 아서 C. 클라크의 『유년기의 끝』을 읽어보신 분이 계실지 모르겠습니다. SF계의 몇몇 걸작 중 하나죠. 나머지 걸작들은 물론 제 작품입니다. 『유년기의 끝』의 등장인물들은 진화로 인한 엄청난 변화를 경험합니다. 아이들은 부모들과 완전히 이질적인 존재가 됩니다. 육체적이기보다는 좀더 영혼적인 존재가 되죠. 어느 날 이 아이들은 빛줄기로 변해 나선형을 그리며 우주를 향해 날아갑니다. 아이들이 어디로, 왜 가는지는 알 수 없습니다. 이 책은 거기서 끝납니다. 그러나 여기 계신 졸업생 여러분은 여러분의 부모님을 많이 닮았고, 손에 졸업장을 쥐자

---

* near-beer. 알코올 도수가 0.5퍼센트 이하로 낮은 맥주.

마자 우주로 번쩍하고 날아가는 일은 없을 거라 생각합니다. 여러분은 버펄로나 로체스터나 이스트쿼그, 아니면 코호스*로 가실 가능성이 훨씬 높겠지요.

여러분은 모두 다른 무엇보다 돈과 진정한 사랑을 원하실 겁니다. 여러분께 돈 버는 법을 알려드리겠습니다. 아주 열심히 일하세요. 이번엔 어떻게 사랑을 얻는지 말씀드리겠습니다. 좋은 옷을 입고 늘 웃으세요.

그 외 제가 어떤 조언을 드릴 수 있을까요? 여러분 식단에서 필요한 양을 채우려면 통곡물 시리얼을 많이 드세요. 지금까지 아버지께서 제게 하신 조언은 딱 하나입니다. "귀에 아무것도 넣지 마라." 여러분도 아시다시피 몸을 구성하는 뼈들 가운데 가장 작은 뼈가 귀에 있습니다. 우리가 균형을 유지하는 것도 귀 덕분입니다. 만약 여러분이 귀에다가 장난을 치면 귀머거리가 될 수 있을 뿐 아니라, 툭하면 넘어질 수도 있습니다. 웬만하면 귀는 가만히 두십시오. 있는 그대로 두면 우리 귀는 괜찮습니다.

살인하지 마세요. 뉴욕 주에서는 사형을 집행하고 있지 않지만요.

자, 이게 다입니다.

그리고 하나 더, 여러분은 일년이 사 계절이 아니라 육계절임

* 버펄로부터 코호스까지 모두 프레도니아 칼리지에서 자동차로 한두 시간 거리에 있는 지역이다.

을 알게 될 겁니다. 지구의 이쪽 지역의 경우, 사계절에 관한 시들은 전부 잘못되었습니다. 그래서 우리가 그렇게 항상 우울한 걸지도 몰라요. 아시다시피, 대개 봄은 봄처럼 느껴지지 않습니다. 11월이 가을이란 것도 완전히 틀렸습니다. 계절에 관한 진실을 말씀드리죠. 봄은 5월과 6월입니다! 5월과 6월보다 더 봄 같은 때가 있나요? 여름은 7월과 8월입니다. 그땐 정말 덥죠? 가을은 9월과 10월입니다. 호박이 보이죠? 불타는 낙엽 냄새를 맡아보세요. 그다음에 '잠금'이란 계절이 옵니다. 자연이 모든 활동을 그만두는 때죠. 11월과 12월은 겨울이 아닙니다, 잠금입니다. 그다음에야 겨울인 1월과 2월이 옵니다. 세상에! 그때보다 더 추운 날이 있을까요? 그다음에 무엇이 올까요? 봄이 아닙니다. '잠금 해제'가 옵니다. 4월이 '잠금 해제' 말고 다른 계절에 속할 수 있을까요?

하나만 더 이야기하겠습니다. 여러분이 연설을 할 기회가 생기면, 농담으로 시작하십시오. 아는 농담이 있다면요. 저는 오랫동안 세계 최고의 농담을 찾아왔고 찾은 것 같습니다. 이제 그걸 말씀드릴 테니 저를 도와주십시오. 제가 손을 이렇게 들면 '아니요'라고 답해주세요. 아시겠죠? 저를 실망시키지 마세요.

여러분은 왜 크림이 우유보다 훨씬 비싼지 아십니까?

졸업생: 아니요.

젖소들이 작은 크림 병 위에 쪼그리고 앉는 걸 싫어하기 때문입니다.

이게 제가 아는 최고의 농담입니다. 예전에 스케넥터디에 있는 제너럴모터스 사에서 일한 적이 있었습니다. 회사 중역들의 연설문을 작성하는게 제 일이었죠. 저는 부회장의 연설문에 젖소와 작은 병에 관한 농담을 적었고 부회장은 그 연설문을 읽어 내려갔습니다. 그런데 그는 그 농담을 들어본 적이 없었던 모양입니다. 부회장은 웃음을 멈추지 못했습니다. 코피를 흘리고 부축을 받으면서 연단을 내려와야 했죠. 그리고 저는 다음날 해고 되었고요.

농담은 어떻게 작동할까요? 모든 좋은 농담의 도입부는 여러분을 생각하도록 만듭니다. 우리 인간은 참으로 정직한 동물입니다. 제가 여러분에게 크림에 대한 질문을 했을 때, 여러분은 크림 생각을 할 수밖에 없었을 겁니다. 여러분은 제대로 된 답변을 하려고 진심으로 노력했습니다. 왜 닭이 도로를 건널까요? 왜 소방관은 붉은 멜빵을 착용할까요? 왜 조지 워싱턴은 언덕길에 매장되었을까요?

또한 농담은 아무도 여러분이 생각하는 걸 바라지 않고, 여러분에게 훌륭한 답을 기대하지도 않는다는 사실을 알려줍니다. 여러분은 드디어 똑똑하게 행동하기를 요구하지 않는 누군가를 만났다는 안도감에 기뻐서 웃습니다.

사실 저는 이 연설을 기획하면서 오늘 여러분이 그 어떤 불이익에 대한 걱정이나 부담감 없이 마음껏 바보가 될 수 있기를 바랐습니다. 저는 심지어 만약을 대비해 어처구니없는 노래도 지어 왔답니다. 멜로디는 없지만 우리 모두 열심히 작곡가 구실을 해보죠.

멜로디가 따라올 게 틀림없습니다. 가사는 다음과 같습니다.

> 선생님과 폐렴아 안녕히 가시오.
> 어디서 파티가 있는지 알게 되면,
> 네게 전화할게.
> 무척 사랑한다, 소냐,
> 내가 베고니아 꽃 사줄게.
> 너도 나 사랑하지, 안 그래, 소냐?

자, 제 말이 맞죠. 여러분은 다음에 어떤 음이 올지 추측하려고 열심히 노력했습니다. 지금 여러분이 얼마나 똑똑한지 신경 쓰는 사람은 아무도 없습니다.

제가 이렇게 유치한 이야기를 한 이유는 여러분을 매우 동정하기 때문입니다. 저는 우리 모두를 매우 동정합니다. 졸업식이 끝나자마자 삶은 다시 매우 힘들어질 겁니다. 그리고 상황이 다시 엉망진창이 되었을 때 이렇게 생각하면 도움이 될 겁니다. 우리는 서로 다른 별개의 세대에 속한 구성원들이 아닙니다. 우리가 에스키모와 오스트레일리아 원주민만큼이나 서로 다르다고 믿게 만들려 하는 사람들도 있습니다. 우리는 모두 같은 시간을 살며 떼어낼 수 없는 사이이기 때문에 우리는 서로를 형제자매로 여겨야 합니다. 제게는 자식이 몇 명 있습니다. 정확히 말하면 일곱 명이죠. 무신론자치고 너무 많은 편이긴 합니다. 나의 아이들이 이 행성에 대해 불평할 때마다 저는 이렇게 대꾸합니다. "조용히 해! 나도 여기 좀 전에 도착했어. 내가 므두셀라*라도 되는 줄 알아? 내가 너보다 오늘 뉴스를 더 좋아한다고 생각해? 틀렸어."

우리는 대체로 동일한 일생을 살고 있습니다.

약간 더 나이든 사람들은 약간 더 젊은 사람들에게 무엇을 바랄까요? 그들은 오랫동안 종종 비현실적으로 느껴질 만큼 어려운 환경에서 살아남았고, 그 점에서 칭찬을 듣고 싶어합니다. 약간 더 젊은 사람들은 약간 더 나이 많은 사람들의 공로를 인정하는 데 지나치게 인색합니다.

약간 더 젊은 사람들은 약간 더 나이든 사람들에게 무엇을 바랄까요? 제 생각에 다른 무엇보다 그들은 인정받기를 원합니다. 그들은 자기들이 의심의 여지 없는 성인 남성이고, 여성임을 인정받고 싶어합니다. 약간 더 나이든 사람들은 그걸 인정하는 데 지나치게 인색합니다.

---

* 구약성서에 나오는 인물로, 969년 동안 살았다고 전해진다.

그러므로, 제가 이 자리에서 총대를 메고, 이제 막 졸업하는 여성과 남성 들을 위해 선언하겠습니다. 어느 누구도 이들을 어린아이처럼 대해서는 안 됩니다. 여러분도 다시는 아이처럼 행동해서는 안 됩니다. 절대로.

　이것이 소위 말하는 사춘기 의식이란 겁니다.

　좀 늦은 감이 있지만, 아예 안 하는 것보다야 낫겠죠. 지금까지 연구된 모든 원시사회에는 사춘기 의식이 있었습니다. 이날 아이들은 의심의 여지 없이 성인 남녀가 됩니다. 일부 유대인 공동체들이 이런 관습을 유지하고 있고, 그걸로 이득을 보는 것 같기도 합니다. 그러나 이 나라처럼 초현대적이고 어마어마하게 공업화된 사회에서는 사춘기 의식이 사라졌습니다. 물론, 열여섯 살에 운전면허증을 발급받는 걸 제외하면 말이죠. 만약 그것을 사춘기 의식으로 친다면 상당히 이상한 일이 벌어지게 됩니다. 판사가 여러분의 사춘기를 박탈할 수 있는 거죠. 여러분이 저처럼 노인이 된 뒤에도 얼마든지요.

　미국과 유럽 남성들의 삶에서 사춘기 의식으로 여겨지는 또 다른 사건은 전쟁입니다. 만약 어떤 남자가 전쟁터에서, 특히 큰 상처를 입은 채 돌아오면 사람들은 이렇게 말할 겁니다. 여기 남자가 있다고. 제2차세계대전이 끝나고 독일에서 인디애나폴리스에 있는 집으로 돌아오자 삼촌은 제게 이렇게 말했습니다. "세상에! 너도 이젠 남자가 다 되었구나." 저는 삼촌을 목 졸라 죽이고 싶었습니다. 만약 그랬다면, 삼촌은 제가 죽인 최초의 독일인이 되었을 겁니다. 저는 전쟁에 나가기 전부터 남자였으니까요. 그런 말을 했으니 삼촌은 천벌을 받아야죠.

저는 우리 사회가 젊은 남성들을 위한 사춘기 의식을 폐지한 것이 그들을 기꺼이 전쟁에 뛰어들도록 만들기 위해 고안된, 무의식적이지만 교활한 책략이 아니었나 의심이 듭니다. 그 전쟁이 아무리 끔찍하고 정의롭지 못하더라도 말입니다. 물론, 정의로운 전쟁도 있습니다. 제가 기꺼이 참전했던 전쟁은 정의로운 전쟁이었습니다.

그러면 여성들은 언제부터 소녀가 아니라 뒤따르는 권리와 특권을 가진 성인 여성이 되는 걸까요? 우리는 본능적으로 그 대답을 알고 있습니다. 당연히 결혼해서 아기를 가졌을 때부터죠. 혼외정사로 첫아이를 가졌다면, 그녀는 여전히 아이입니다. 이보다 더 간단하고 자연스럽고 명백한 기준이 있을까요? 또는 오늘날, 최소한 미국 사회에서 이보다 더 불의하고 부적합하고 노골적으로 멍청한 기준이 있을까요?

저는 우리가 스스로를 위해서라도 사춘기 의식을 재개해야 한다고 생각합니다.

저는 졸업을 앞둔 여러분을 성인 남녀로 호명했습니다. 또한 온 힘을 다해 여러분을 클라크 가문 사람으로 호명하겠습니다. 여러분도 아시다시피, 클라크란 이름을 가진 백인들은 모두 영국 제도諸島 주민의 후손입니다. 영국 제도 주민들은 읽고 쓰기에 능했습니다. 그리고 클라크란 이름을 가진 흑인들은 클라크란 이름을 가진 백인들에 의해 권리를 박탈당한 채 아무런 대가도 없이 강제로 노동해야 했던 사람들의 후예일 가능성이 높습니다. 클라크는 참으로 흥미로운 가문입니다.

여기 계신 졸업생 여러분은 모두 그게 무엇이든 자기 전공이 있죠. 그러나 여러분은 지난 십육 년의 대부분을 읽고 쓰는 법을 배우는 데 썼습니다. 여러분처럼 읽고 쓰기를 능숙하게 하는 것은 기적이며, 제 생각에 어쨌든 우리가 문명화되었다는 자격도 여기에서 나옵니다. 읽기와 쓰기를 배우는 건 정말 힘듭니다. 끝없이 긴 시간을 필요로 하죠. 학생들의 독해 점수가 낮다고 교사들을 비난하는 건 누군가에게 읽고 쓰기를 가르치는 걸 세상에서 제일 쉬운 일로 착각하고 있기 때문입니다. 한번 시도해보세요, 거의 불가능에 가까울 정도로 힘든 일이란 걸 금방 깨달을 수 있을 겁니다.

우리에겐 컴퓨터와 영화와 텔레비전이 있는데, 클라크 되기가 무슨 소용일까요? 클라크 되기는 순전히 인간만이 이룰 수 있는 신성한 과업입니다. 기계화는 그렇지 않죠. 클라크 되기는 이 행성에서 실행되는 가장 심오하고 효과적인 형태의 명상입니다. 힌두교 신자가 산꼭대기에서 꾸는 그 어떤 꿈보다도 훨씬 뛰어납니다. 이유가 뭘까요? 클라크 가문 사람들은 읽기 능력이 뛰어난 덕분에 인류 역사상 가장 현명하고 흥미로운 생각들을 할 수 있거든요. 클라크 가문 사람들은 본인의 지적 능력이 특별히 뛰어나지 않더라도 천사의 사고력으로 명상을 할 수 있습니다. 그보다 더 신성한 일이 있을까요?

사춘기 의식과 클라크 되기에 관한 이야기는 이쯤에서 정리하겠습니다. 이제 중요한 주제 두 가지만 남았습니다. 바로 외로움과 지루함입니다. 나이와 상관없이, 우리는 남은 생애 동안 지루함과 외로움을 느끼게 되어 있습니다.

우리가 외로운 이유는 친구와 친척이 충분하지 않기 때문입니다. 인간은 안정적이고 생각이 비슷한 오십 명 이상의 대가족 내에서 살아야 합니다.

여러분의 졸업 대표가 이 나라의 결혼 제도가 붕괴하는 것에 안타까움을 표하더군요. 결혼 제도가 무너지는 이유는 가족이 너무 작기 때문입니다. 한 남자가 한 여자에게 사회 전체일 수는 없습니다. 또, 한 여자가 한 남자에게 사회 전체일 수는 없습니다. 아무리 노력해도 우리의 결혼이 박살나는 건 당연합니다.

그래서 저는 여기 계신 모든 분들에게 온갖 조직에 가입하기를 권합니다. 그 조직이 아무리 어처구니없더라도 말입니다. 핵심은 여러분의 삶에 더 많은 사람들을 데려오는 것입니다. 그 조직의 구성원들 가운데 상당수 혹은 전부가 멍청이일지라도 상관없습니다. 우리에겐 어떤 친척이든 수를 늘리는 게 필요하니까요.

이제 지루함에 관해 이야기하겠습니다. 칠십오 년 전에 죽은 독일 철학자 프리드리히 빌헬름 니체는 이렇게 말했습니다. "신들조차도 지루함에 맞서 헛된 싸움을 한다." 우리는 지루할 수밖에 없는 운명을 타고났습니다. 지루함은 삶의 일부입니다. 그걸 견디는 법을 배우십시오. 그렇지 않으면 여러분은 제가 이 졸업반에 속해있다고 선언한 집단의 일원이 될 수 없습니다. 성숙한 여성과 남성 말이죠.

언론에 대한 이야기로 제 연설을 마무리해야겠군요. 언론은 모든 걸 알고 이해하는 것을 자기 본분으로 삼는데, 종종 요즈음 청년들에 대해 패기가 부족하다고 합니다. (전문가와 해설자 들이 딱히 쓰거나 말할 게 없을 때 이런 주장을 하곤 하죠.) 아마 새로운 세대의 졸업생들이 어떤 비타민이나 미네랄, 혹은 철분을 충분히 섭취하지 못했나 봅니다. 여러분의 혈액은 피곤합니다. 여러분에게는 노인용 강장제가 필요합니다. 빛나는 눈동자와 경쾌한 걸음걸이를 가진 팔팔한 세대의 일원으로서, 저희 세대가 언제나 원기 왕성한 비결을 말씀드리겠습니다. 바로 증오입니다.

제게는 히틀러부터 닉슨*에 이르기까지 평생 동안 증오할 사

---

* 리처드 닉슨(1913~94). 미국 제37대 대통령.

람이 있었습니다. 이 둘이 모든 면에서 똑같이 악당 짓을 한 건 아니지만 말입니다. 인간이 증오로부터 그토록 많은 힘과 열정을 얻을 수 있다는 사실은 비극입니다. 만약 여러분이 우쭐한 기분을 느끼고 싶고, 쉬지 않고 100마일을 달릴 수 있을 것처럼 느끼고 싶다면, 증오하세요. 희석하지 않은 코카인보다 더 강력합니다. 히틀러는 전쟁에서 지고 파산해서 굶어 죽을 뻔한 나라를 오직 증오만으로 부활시켰습니다. 한번 상상해보세요.

제 생각에 오늘날 미국 젊은이들은 사실 패기가 부족한 게 아닙니다. 다른 무엇보다 증오로부터 희열을 느껴온 사람들에게만 그렇게 보일 뿐입니다. 여러분이 속한 졸업반의 구성원들은 생기가 없는 것도 아니고, 무기력한 것도 아니고, 패기가 부족한 것도 아닙니다. 단지 증오 없이 실천하는 법을 실험하고 있을 따름입니다. 증오가 여러분의 식단에서 부족한 비타민이자 미네랄이자 기타 등등입니다. 여러분은 장기적으로 봤을 때 증오의 영양소란 청산가리와 다를 바 없다는 사실을 깨달았을 뿐입니다. 여러분은 매우 흥미진진한 것을 실천하고 있습니다. 여러분의 행운을 빕니다.

2
졸업을 앞둔 여자들을 위한 조언
(남자들도 알아야 해요!)

1999년 5월 15일
아그네스 스콧 칼리지(조지아 주 디케이티)

"그들이 서로에게 진정 외치는 것은 외로움입니다.
그들이 진정으로 이야기하는 건
'당신만으론 부족해'입니다."

우리는 여러분을 사랑합니다. 여러분이 자랑스럽습니다. 앞으
로 다 잘될 거란 믿음으로 행운을 빕니다.

이 졸업식은 오랫동안 미뤄온 사춘기 의식입니다. 여러분은
이제 정식으로 성인 여성이 되었습니다. 사실 여러분은 생물학
적으로 열다섯 살 무렵에 이미 성인 여성이 됐지요. 너무나 많은
시간과 비용을 들인 후에야 여러분은 비로소 성인 자격을 얻게
됐습니다. 참으로 안타까운 일입니다.

제가 인디애나폴리스에서 자라던 시절, 그곳 신문의 유머 작
가였던 킨 허버드는 매일 〈인디애나폴리스 뉴스〉에 유머 글을
한 편씩 기고했습니다. 어느 날 그는 이렇게 썼습니다. "가난한
것은 수치가 아니지만 차라리 그런 편이 낫다." 그는 졸업식 연

설에서 이렇게 이야기했습니다. "저는 대학들이 정말 중요한 것들을 전부 마지막 순간까지 아껴두기보다는 사 년 동안 골고루 나눠서 가르쳐주었으면 합니다."

그러나 오늘 저는 여러분에게 그 이야기를 해드리려 합니다. 매우 중요한 모든 것들은 맨 마지막 순간에 있다.

저는 아주 똑똑해서 오늘날 이 세상의 문제가 뭔지 잘 압니다. 전쟁중에, 종전 후에, 그리고 지금 전 세계에서 이어지는 테러 공격을 보면서 모든 이가 묻습니다. "무엇이 이런 잘못된 결과를 가져온 걸까?"

그런 결과를 낳은 것은 고등학교 학생과 국가 지도자를 포함해 너무 많은 사람들이 거의 사천 년 전에 살았던 바빌로니아의 국왕인 함무라비가 제정한 함무라비법전을 따르고 있기 때문입니다. 여러분은 구약성서에서도 함무라비의 법규를 확인할 수 있습니다. 들을 준비 되셨나요?

"눈에는 눈, 이에는 이."

카우보이 쇼와 갱스터 쇼의 주인공들을 포함해, 함무라비법전에 복종하는 사람들은 다음과 같은 지상명령을 따릅니다. 진짜든 가짜든 받은 상처는 반드시 돌려준다는 겁니다. 누군가는 비참한 일을 당하겠군요.

(청중들 사이에서 당혹스러운 웃음이 터져나온다.)

폭탄 투하 혹은 그 비슷한 무엇이든요.

예수가 십자가에 못박혔을 때, 그는 이렇게 말했습니다. "하나님 아버지, 저들을 용서하십시오. 저들은 자신이 한 일을 알지 못하나이다." 예수는 어떤 분이었나요? 함무라비법전을 따르는 사람이라면 이렇게 말했겠죠. "개들을 죽여버려요, 아빠. 친구와 친척들까지 전부요. 천천히 고통스럽게 죽여주세요."

제 사견으로 예수의 가장 위대한 유산은 딱 한 문장에 불과합니다. 그 말은 함무라비법전에 대한 해독제이자 알베르트 아인슈타인의 'E=mc²'만큼이나 명료한 공식이었습니다.

나사렛의 예수는 기도할 때마다 이런 말을 하라고 했습니다. "우리가 우리에게 잘못한 이를 용서하듯 우리의 잘못을 용서해주소서."

바이 바이, 함무라비법전.

이 말만 봐도 예수는 '평화의 왕자'로 불려 마땅합니다.

전쟁이나 폭력 행위는 함무라비법전을 찬양하고 예수그리스도를 모욕하는 것입니다. 심지어 정신분열증 환자가 저질렀다 해도 마찬가지입니다.

여기 혹시 장로교 신자가 계십니까?

경고하겠습니다. 장로교 신자라는 이유로 많은 사람들이 공개적으로 화형에 처해졌습니다. 그러니 나가실 때 뒤통수 조심하십시오.

제가 휴머니스트, 혹은 자유사상가인 걸 아시는 분도 계실 겁니다. 제 부모님과 증조부님도 마찬가지셨죠. 저는 기독교도가 아닙니다. 휴머니스트가 됨으로써 저는 어머니와 아버지를 명예롭게 해드렸습니다. 성서에서 칭찬하는 행위죠.

그러나 제 모든 미국인 조상님들을 걸고 말씀드리겠습니다. 만약 예수의 말이 훌륭하고, 그중 대부분이 극도로 아름답다면 예수가 신인지 아닌지가 중요한가요?

만약 예수가 자비와 동정의 메시지를 담은 산상수훈을 전하지 않았다면, 전 인간이 되기 싫었을 겁니다.

차라리 방울뱀이 되었을지도 모르죠.

복수는 복수를 낳고 그 복수는 또 복수를 낳고 그것은 또 복수를 낳습니다. 이로 인해 죽음과 파괴의 끝없는 사슬이 형성되어 오늘날 나라들을 아주 오래전에 살았던 야만 부족들과 연결시켜줄 겁니다.

우리는 이 나라나 다른 나라의 지도자들이 모욕과 상처를 입을 때마다 복수로 대응하는 걸 절대 막을 수 없을지도 모릅니다. 지금 같은 텔레비전의 시대에, 지도자들은 연예인이 되고 싶은 충동을 참기 힘들 겁니다. 그들은 다리, 경찰서, 공장 들을 때려 부수며 영화와 경쟁합니다.

발사, 폭발. 이리 와서 구경들 해요. 세상에, 대단하네요.

작고한 어빙 벌린*의 말을 인용해보겠습니다. "세상에 쇼 비즈니스만큼 즐거운 비즈니스는 없다."

습니다. 저는 매우 똑똑해서 이 세상의 문제가 뭔지 알 뿐만 아니라―함무라비법전이죠―여자가 무엇을 원하는지도 압니다. 여자는 가능한 한 많은 사람들과 이야기를 나누고 싶어합니다. 그러면 무엇을 이야기하고 싶어할까요? 세상의 모든 것에 대해서죠.

남자들은 많은 친구들을 바랍니다. 그리고 다른 사람들이 자신들에게 화를 내지 않기를 바랍니다.

여러분 가운데 어떤 분은 심리학자나 장관이 되실 겁니다. 그리고 어떤 경우에든 이 나라의 천문학적인 이혼율 때문에 상처를 입은 남성과 여성, 아이들을 대하셔야 할 겁니다. 여러분이 아셔야 할 게 있습니다. 남편과 아내가 싸울 때면 꼭 돈이나 섹스, 주도권 때문에 싸우는 것처럼 보인다는 겁니다.

그러나 그들이 서로에게 진정 외치는 것은 외로움입니다. 그들이 진정으로 이야기하는 건 "당신만으론 부족해"입니다.

대다수의 사람들이 대가족을 이루고, 똑같은 세계 속에서 평생을 살던 시절에는 결혼이 진정한 축복이었습니다. 하객들은 울기보다는 웃었습니다. 신랑은 새로운 친구를 많이 얻고, 신부도 모든 걸 이야기할 수 있는 사람들을 많이 얻을 기회였습니다.

요즈음 대다수 사람들은 결혼을 통해 단 한 명만을 얻죠. 아, 물론 서로 죽일 듯이 달려드는 꾀죄죄한 인척들 몇 명을 얻을 수도 있겠죠. 그리고 운이 좋다면 그들과 수백 마일 떨어져 밴쿠버나 브리티시컬럼비아, 할리우드, 플로리다 등에서 살 수도 있습니다.

다시 말해 교육받으신 여러분들 중 파탄 직전의 결혼으로 고통을 겪는 이들을 치유해야 하는 상황에 처할 분이 계시다면, 돈이나 섹스, 주도권, 자녀 양육이 진정한 문제가 아님을 깨달으셔야 합니다. 남편 입장에서 진짜 문제는 아내만으론 충분하지 않다는 사실일 수 있습니다. 아내 입장에서 진짜 문제는 남편만으로는 충분하지 않다는 사실일 수 있습니다.

만약 여러분이 봤을 때 그것이 부부싸움의 원인이라면, 그들에게 말해주세요. 폭주족이나 뉴욕 애머스트에 본부가 있는 미국휴머니스트협회나 가까운 교회와 같은 인위적인 대가족에 가입해 서로에게 더 많은 사람을 데려다주어야 한다고 말이죠.

일전에 나이지리아에서 이보Ibo족 남자를 만난 적이 있는데, 그에겐 가까운 친척이 육백 명이나 되었습니다. 그리고 그의 아내는 얼마 전에 첫아기를 낳았습니다. 어느 대가족에서나 출산은 최대 경사죠.

그가 나이, 키, 생김새에 상관없이 이보족의 모든 친척들에게 갓난아기를 소개할 거라고 하더군요. 아기는 자기보다 조금 더 일찍 태어난 다른 사촌 아기들도 만나게 되겠죠. 어느 정도 체격이 크고 팔심이 있는 사람이라면 누구나 아기를 들어보고, 안아

보고, 어르고 달래면서, 아기가 정말 예쁘다거나 잘생겼다는 말을 하겠지요.

여러분도 그런 아기가 되고 싶지 않으세요?

자, 진실을 하나 말씀드리겠습니다. 오늘의 이 멋진 연설은 미국 역사상 가장 효율적이고 효과적이었던 에이브러햄 링컨의 게티스버그 연설보다 벌써 두 배나 더 길어졌답니다.

제가 말을 하고 있는 지금 이 순간에도 우리가 숨쉬는 대기는 CNN이 만들어낸 말과 이미지로 가득합니다. 제 기억으로는 라디오 방송의 초기에 피츠버그 KDKA*의 전송기와 매우 가까운 곳에 살던 사람들은 침대 스프링과 부분 의치로 연속극을 듣곤 했답니다.

오늘날에도 확실히 텔레비전은 수많은 미국인들의 삶에 깊숙이 파고들어 있습니다. 침대 스프링이나 부분 의치로 울프 블리처**의 목소리를 들을 수 있을지도 모르죠. 그리고 제 사위는 컴퓨터에 먹혀버렸습니다. 컴퓨터 속으로 사라졌는데, 과연 돌아올지 모르겠습니다. 그에게는 처자식도 있답니다!

옛날 졸업식 연사는 여기 계신 여러분처럼 아름답고 순수한 분들을 보면서 이런 경고를 하곤 했습니다. 이곳을 벗어나 현실이라는 시궁창에 뛰어들자마자 온갖 시궁창 쥐들을 만날 거라

---

* 1920년 미국 피츠버그에서 개국한 세계 최초의 정규 라디오 방송국.
** 미국 CNN의 간판 앵커(1948~).

고요. 음탕한데다가 거짓말까지 잘하는 남자들, 허세로 가득한 카사노바와 소시오패스 구혼자들 말이지요. 그러나 〈코스모폴리탄〉이나 〈엘르〉 같은 잡지가 이미 알려주었을 겁니다. 스스로를 보호할 방법을요.

만약 누군가가 여러분을 사랑한다고 말하면 꼭 뒷조사를 해보시기 바랍니다.

고맙게도 여러분의 주州정부와 연방정부는 여러분에게 담배를 피우지 말라고 이야기해왔습니다. 담배는 악마의 화신입니다…… 제정신인 사람이라면 누구나 악마를 열렬히 증오하지 않을까요?

담배는 매우 해롭습니다. 하지만 시가는 몸에 좋습니다. 얼마나 건강에 좋은지 시가 전문 잡지도 있답니다. 그 잡지의 표지를 보면 유명 인사들이 시가를 피우고 있죠.

물론 시가는 땅콩과 건포도, 그래놀라로 만들어집니다. 에너지 바와 재료가 같죠. 여러분 모두 오늘밤 자기 전에 시가 한 대씩 먹어보면 어떨까요?

콜레스테롤 걱정도 없습니다.

총기류도 건강에 좋습니다. 지방도 없고, 니코틴도 없고, 콜레스테롤도 없으니까요.

진짜인지 아닌지는 여러분의 지역구 의원에게 물어보세요.

그리고 주정부와 연방정부에게 축복이 있기를. 공중보건을 그렇게나 잘 관리하다니.

슬롯머신과 마찬가지로 텔레비전과 컴퓨터는 여러분의 친구도 아니고, 여러분을 더 총명하게 만들어주지도 않는다는 점을 깨달으셨으면 합니다. 그저 여러분이 가만히 앉아 온갖 쓰레기를 사들이고, 마치 블랙잭을 하듯이 주식 투자를 하게 만들 뿐이죠.

오직 교양 있고 따뜻한 마음씨를 가진 사람만이 다른 이들에게 영원히 기억하고 소중히 여겨야 할 게 무엇인지 가르쳐줄 수 있습니다. 컴퓨터와 텔레비전은 그러지 못합니다.

컴퓨터는 아이에게 컴퓨터에 알맞은 걸 가르칩니다.

교양 있는 사람은 그 아이에게 알맞은 걸 가르치죠.

나쁜 남자는 오직 여러분의 육체만을 노립니다. 텔레비전과 컴퓨터는 여러분의 돈을 노리는데, 그게 더 역겹습니다. 훨씬 비인간적이니까요!

선택을 해야 한다면, 돈을 노리는 사람보다는 차라리 여러분의 육체를 바라는 사람이 낫지 않을까요?

얼마 전 〈포브스〉에서 제가 제일 좋아하는 테크놀로지가 무엇인지 묻더군요. 저는 동네 우편함, 주소록, 브리태니커 백과사전이라고 답했습니다. 브리태니커 백과사전은 알파벳 순서로 정리되어 있기 때문에 ABC를 알면 누구라도 온갖 것들을 다 찾아볼 수 있습니다.

그리고 동네 우편함에 편지를 넣으면 파랑색으로 칠해놓은 대형 황소개구리에 먹이를 주는 기분이랍니다.

여러분이 교육을 받았다는 사실이 저는 정말 반갑습니다. 여러분이 합리적이고 교양 있는 사람이 되었기 때문에 이 세상은 여러분이 태어났을 때보다 더 합리적인 곳이 되었습니다. 제 명예를 걸고 말하건대, 여러분의 졸업은 제가 여태껏 들은 반가운 소식들 중에서도 거의 최고입니다. 여러분이 현명하고 합리적이고 교양 있는 사람이 되었기 때문에 작고 촉촉한 청록색 공, 우리가 사는 이 작은 행성은 여러분이 태어나기 전보다 훨씬 더 정상적인 곳이 되었답니다.

여러분이 이 나라 방방곡곡은 물론 외국에서까지 온 학생들과 함께 영혼을 갈고닦을 수 있도록 도움을 주신 분들께도 감사하며, 그분들의 행운을 빕니다.

정말 즐겁군요, 이 말을 꼭 하고 싶었습니다.

여러분은 대부분 교육이나 의술처럼 탐욕스러운 자들이 꺼리는 분야에 뛰어들려 하고 있습니다. 저는 민주주의 사회에서 가장 고결한 직업이 교사라고 생각합니다.

여러분 가운데 몇몇은 어머니가 되겠죠. 저는 그걸 권하지 않겠지만 흔히 있는 일이죠.

만약 그것이 여러분의 몫이 되거든, 시인 윌리엄 로스 월리스*의 표현이 위안이 될 겁니다. "요람을 움직이는 손이 세계를 지배한다."

그리고 아이들 근처에 컴퓨터와 텔레비전은 두지 마세요. 외로운 바보가 되어버린 아이가 물건을 사려고 여러분의 호주머니를 노리는 걸 바라지 않는다면 말입니다.

책을 절대 포기하지 마세요. 책은 느낌이 아주 좋으니까요. 적당히 무게가 느껴지는 것도 그렇고, 페이지를 넘길 때마다 민감한 손가락 끝으로 느껴지는 달콤한 망설임도 좋습니다.

뇌의 많은 부분이 손으로 만지는 물건의 느낌이 좋은지 나쁜지를 결정하는 데 사용됩니다. 제대로 된 뇌라면 책이 우리에게 좋다는 걸 알겠죠.

그리고 인터넷의 유령들로 대가족을 만들려고 하지 마십시오. 차라리 오토바이를 사서 폭주족에 들어가세요.

매번 졸업 연설을 할 때마다 저는 아버지의 동생인 알렉스 보니것 삼촌 이야기로 연설을 마무리합니다. 알렉스 삼촌은 하버드 대학을 졸업하고 인디애나폴리스에서 보험 판매원으로 일했으며 교양 있고 현명한 분이셨습니다.

공교롭게도 제가 첫 졸업식 연설을 한 곳도 여자 대학교였습니다. 버몬트 주의 배닝턴 칼리지였죠. 그즈음 베트남전쟁이 벌어지고 있었고, 졸업생들은 자신들이 얼마나 수치스럽고 슬픈지

---

* 미국 시인(1819~81).

를 드러내기 위해 화장을 하지 않았습니다.

그럼 이제 하늘나라에 계신 알렉스 삼촌에 관해 이야기하겠습니다. 알렉스 삼촌이 무엇보다 개탄한 것은 사람들이 행복할 때 행복을 느끼지 못한다는 사실이었습니다. 그래서 삼촌은 행복할 때마다 그 순간을 제대로 느끼기 위해 각별히 노력하셨습니다. 한여름에 사과나무 아래서 레모네이드를 마실 때면 삼촌은 이야기를 끊고 불쑥 이렇게 외치셨습니다. "그래, 이 맛에 사는 거지!"

그래서 저는 여러분도 남은 생애 동안 이렇게 해보길 권합니다. 인생이 순조롭고 평화롭게 잘 풀릴 때마다 잠시 멈춰서 큰 소리로 외치세요. "그래, 이 맛에 사는 거지!"

그게 제가 여러분에게 부탁하고 싶은 것 중 하나입니다. 이제 다른 부탁을 하나 하려 합니다. 졸업생 여러분뿐 아니라, 학부모님과 선생님을 포함해 여기 계신 모든 분들에게 드리는 부탁입니다. 제 질문에 손을 들어 답해주시면 좋겠습니다.

교육을 받으면서 어느 학년에서든, 여러분이 믿었던 것보다 삶을 더 흥분되고, 자랑스럽게 만들어준 선생님을 만난 적이 있습니까?

손을 들어주세요.

자, 이제 손을 내리고 다른 사람들에게 그 선생님의 성함과 그 선생님이 여러분에게 무엇을 해주었는지 말해주세요.

다 하셨나요?

그래, 이 맛에 사는 거 아니겠습니까?

3
억만장자들이 못 가진 것을 갖는 법
2001년 10월 12일
라이스 대학(텍사스 주 휴스턴)

"이곳은 에덴이며, 여러분은 이제 곧 쫓겨납니다.
왜?"

안녕하세요.

여러분이 그 졸업장을 얻기까지 얼마나 많은 시간과 비용을 썼을지 제가 계산해보지는 않았습니다. 그게 얼마가 되든, 제가 이제 보여드릴 반응을 받기에는 충분할 것입니다. 우와, 우와, 우와.

감사합니다. 신의 축복이 있기를. 여러분과, 여러분이 미국 대학에서 공부할 수 있도록 도움을 준 분들에게요. 여러분이 교양 있고 합리적이고 유능한 어른이 되었기 때문에, 이 세상은 여러분이 태어나기 전보다 더 좋은 곳이 되었습니다.

우리, 어디서 만난 적이 있던가요? 없죠. 하지만 저는 여러분 같은 분들 생각을 많이 합니다. 여기 계신 남자분들은 아담이고,

여자분들은 이브이죠. 아담과 이브 생각을 많이 하지 않는 사람이 어디 있겠습니까?

이곳은 에덴이며, 여러분은 이제 곧 쫓겨납니다. 왜? 여러분이 지식의 열매를 먹었기 때문입니다. 그 열매는 이제 여러분 뱃속에 있습니다.

그럼 저는 누구일까요? 저도 한때는 아담이었습니다. 그러나지금은 므두셀라입니다.

자, 그렇다면 너무 오래 살아온 이 므두셀라가 여러분에게 무슨 말을 해야 할까요? 다른 므두셀라가 했던 말을 전달해드리겠습니다. 그 므두셀라의 이름은 조 헬러*로, 아시다시피 『캐치-22』의 작가입니다. 조와 저는 억만장자가 주최한 파티에 있었습니다. 제가 물었습니다. "여보게, 조, 이 파티 주최자가 어제 하루 동안 벌어들인 돈이 아마 역사상 최고로 인기 있는 소설 중 하나인 『캐치-22』가 지난 사십 년 동안 전 세계에서 벌어들인 것보다 많을 텐데, 기분이 어떤가?"

조는 이렇게 대꾸했습니다. "나에겐 억만장자가 절대 못 가질 것이 있지."

저는 물었습니다. "그게 뭔데, 조?"

그러자 그가 대답했습니다. "난 이미 충분히 가지고 있다는 깨

---

* 미국 소설가(1923~99).

달음이지."

조의 이야기는 여러분과 같은 아담과 이브 들에게 위안이 될 수 있습니다. 살면서 무언가 크게 잘못되었다고 느낄 날이 반드시 올 겁니다. 여기서 교육을 받았는데도 어찌된 일인지 억만장자가 되지 못했다는 깨달음 말이죠.

종종 잘 차려입은 사람들이 금방이라도 물어뜯을 기세로 이빨을 드러낸 채 제게 질문을 할 때가 있습니다. 부의 재분배를 찬성하느냐는 질문을요. 저는 제가 찬성하고 말고는 중요하지 않으며, 부는 이미 시시각각 재분배되고 있고, 다만 그 분배 방식이 완전히 황당하다고 대답할 수밖에 없습니다.

요즘 댈러스 카우보이스 팀의 라인배커*가 한 시즌 동안 버는 돈에 비하면 노벨상은 애들 장난이죠.

지난 백 년 동안, 노벨상은 물리학자, 화학자, 생리학자, 의사, 작가, 혹은 축복받아 마땅한 평화의 사도처럼 전 세계 문화에 기여한 사람들이 받는 최고의 상이었습니다. 요즘 상금은 약 백만 달러 정도 되죠. 공교롭게도 그 돈은 진흙과 니트로글리세린을 섞어 다이너마이트를 만든 스웨덴 사람의 재산으로부터 나온답니다.

쾅!

---

* 미식축구에서 상대팀 선수들에게 태클을 걸며 방어하는 수비수.

알프레드 노벨은 이 행성에서 가장 가치 있는 주민들이 남에게 경제적으로 의존하지 않고 살 수 있도록 해주려고 이 상을 만들었습니다. 그래야 힘센 정치가나 돈 많은 후원자가 그 가치 있는 사람들의 작업을 방해하거나 좌지우지 못할 테니까요.

그러나 오늘날 백만 달러는 흰색 포커칩*에 불과합니다. 스포츠와 연예계, 월 스트리트, 여러 소송에서 오가는 돈이나 거대 기업의 중역이 받는 보수에 비교하면 말이죠.

요즘 타블로이드판 뉴스와 저녁 뉴스에서 백만 달러는 '푼돈'으로 여겨집니다.

W. C. 필즈**가 나오는 영화 속 한 장면이 떠오르는군요. 그 영화에서 필즈는 골드러시 마을의 어느 술집에서 포커 게임을 보고 있습니다. 필즈는 자기 존재를 알리려고 백 달러짜리 지폐를 테이블 위에 놓습니다. 도박하는 사람들은 필즈를 쳐다보지도 않습니다. 그중 한 명이 결국 한마디합니다. "쟤한테 흰색 포커칩 하나 줘."

백만 달러에 한참 못 미치는 금액일지라도 대다수 미국인에게 대학 교육비는 푼돈이 아닙니다. 과거에는 학위가 부자나 유명인이 되는 방법이었을까요?

그런 경우도 간혹 있었죠. 여러분은 이곳 출신 유명 인사들을

---

* 도박판에서 금액이 가장 낮은 흰색 칩.
** 흑백영화 시대 미국의 유명한 코미디언(1880~1946).

거명할 수 있을 겁니다. 그러나 여러분이 어느 대학 이름을 대든, 그곳의 졸업생들 대다수는 전국이 아니라 지역에서 능력을 발휘하고 그 대가로 대단하지 않은 보수와 명예를 얻었습니다. 혹은 불행히도, 배은망덕을 대가로 받기도 했습니다.

여러분 중 전부는 아닐지라도, 대다수는 운명적으로 그런 삶을 살 것입니다. 여러분은 여러분이 속한 공동체를 건설하거나 키우는 일에 종사하고 있는 자신을 발견하게 될 겁니다. 만약 이것이 여러분의 운명이라면 그 운명을 사랑하십시오. 공동체야말로 이 세상에서 가장 실제적인 것입니다.

나머지는 거품에 불과합니다.

여러분과 같은 자유분방한 세대에게는 뉴욕, 워싱턴 DC, 파리, 휴스턴은 물론 호주의 애들레이드, 상하이, 쿠알라룸푸르도 자신의 공동체가 될 수 있습니다.

마크 트웨인은 참으로 의미 있는 삶을 살았지만 노벨상은 못 받았죠. 그런 그가 삶의 끝자락에서 우리는 무엇을 바라고 사는가를 스스로에게 물었습니다. 그는 마음에 드는 네 마디를 대답으로 떠올렸습니다. 저도 그 답이 마음에 듭니다. 여러분도 마음에 들 것입니다.

"우리 이웃의 좋은 평가"

이웃이란 여러분을 아는 사람들이죠. 그들은 여러분을 보고 여러분과 대화를 합니다. 여러분이 이웃에게 어떤 도움이나 자극을 줄 수도 있습니다. 여러분 이웃의 수가 마돈나나 마이클 잭슨 팬들만큼 많지는 않으니까요.

이웃에게서 좋은 평가를 받으려면 여러분은 대학에서 배운 특별한 기술들을 사용해야 하며, 본보기가 되는 책이나 어른들이 정해놓은 예의바르고 명예롭고 정정당당한 행동의 기준들을 충족시켜야 합니다.

여러분 중 한 명이 노벨상을 받을 가능성은 반반입니다. 내기 하실래요? 에라, 모르겠다. 백만 달러밖에 안 되는데요, 뭐. 흔한 말로 아예 안 하는 것보다는 낫겠죠.

4
우리에겐 아직 음악이 있다
2004년 4월 17일
이스턴 워싱턴 대학(워싱턴 주 스포캔)

"먼 옛날 모든 것을 포함하는 무無가 있었습니다.
그러다 갑자기 엄청나게 큰 꽝이 발생해
이 모든 쓰레기들이 나타난 겁니다.
성경 말씀은 잊으세요."

저는 한때 매우 순진해서 우리 세대의 대부분이 꿈꾸었듯 이 나라가 인간적이고 합리적인 곳이 되는 게 가능하리라 생각했습니다. 일자리가 전혀 없었던 대공황에 우리는 그런 꿈을 꾸었지요. 그러고 나서 평화가 전혀 없었던 제2차세계대전중에는 그 꿈을 성취하기 위해 싸웠고 심지어 목숨을 바치기도 했습니다.

그러나 이제 저는 이 나라가 인간적이고 합리적인 곳이 될 가능성은 조금도 없다는 사실을 잘 압니다. 권력이 우리를 오염시키기 때문에, 절대 권력이 우리를 절대적으로 오염시켰기 때문이죠. 인간이란 권력에 취한 침팬지입니다. 저도 권력에 취한 적이 있었습니다. 저는 한때 상병이었거든요.

우리 지도자들을 권력에 취한 침팬지로 비유해서 제가 중동에서 싸우고 죽어가는 이 나라 남성과 여성 들의 사기를 꺾어버린 걸까요? 완전히 망가진 그들의 몸처럼 그들의 사기도 이미 갈기갈기 찢겼습니다. 그들은 부잣집 아이들이 크리스마스에 선물로 받는 장난감 취급을 당했습니다. 우리 땐 안 그랬는데 말이죠.

그러나 저는 이렇게 말하고 싶습니다.

이 나라 정부, 기업, 대중매체, 월 스트리트, 종교 기관, 자선단체들이 아무리 부패하고 탐욕스러울지라도, 음악은 여전히 매우 훌륭할 것입니다.

제발 그런 일이 없기를 바라지만, 만약 제가 죽는다면 제 묘비에 다음과 같은 문구를 새길 겁니다.

그가 신의 존재를 증명하는 데 필요했던 유일한 증거는 음악이었다.

저는 여러분이 졸업식장에서 퇴장할 때 슈트라우스의 왈츠를 틀어달라고 요청했습니다. 왈츠를 끝내주게 추면서 이곳을 떠날 수 있도록 말입니다. 왈츠 추는 법을 모르시는 분들, 왈츠보다 더 쉽고 인간적인 것은 없습니다. 발을 내딛고, 미끄러지고, 쉬고, 내딛고, 미끄러지고, 쉬고, 내딛고 미끄러지고 쉬면 됩니다. 쿵, 짝, 짝, 쿵, 짝, 짝.

빌 게이츠는 우리가 춤추는 동물임을 모르는 것 같더군요.[*]

이 나라가 베트남에서 무지막지하게 멍청한 전쟁을 벌이는 동안, 음악은 점점 더 좋아지고 있었습니다. 참고로, 미국은 그 전쟁에서 졌죠. 그곳 주민들이 우리를 뻥 차서 내쫓은 후에야 인도차이나 반도에 질서가 찾아왔습니다.

베트남전쟁은 백만장자를 억만장자로 만들었을 뿐입니다. 이번 전쟁[**]은 억만장자를 조만장자로 만들고 있습니다. 그것도 진보라면 진보겠군요.

그리고 왜 미국이 침략한 나라 사람들은 신사 숙녀답게 제복을 입고 탱크와 공격용 헬리콥터를 운전해 싸우지 못하는 거죠?

음악 이야기로 돌아가죠. 슈트라우스와 모차르트 등등도 좋아하지만, 아프리카계 미국인들이 아직 노예 신세에서 벗어나지 못하던 시절 이 세상에 선사한 선물을 언급하지 않을 수 없군요. 블루스 말입니다. 오늘날의 모든 대중음악, 그러니까 재즈, 스윙, 비밥, 엘비스 프레슬리, 비틀스, 롤링 스톤스, 로큰롤, 힙합 등등은 모두 블루스에서 유래했습니다.

블루스가 이 세상에 준 선물이라는 걸 제가 어떻게 아냐고요? 제가 지금까지 들은 최고의 리듬앤블루스 연주는 폴란드 크라쿠프의 한 클럽에서 핀란드 출신 세 남성과 한 소녀가 연주한

[*] 빌 게이츠가 윈도우 95 발표회장에서 엉터리 춤을 추었던 일을 가리킨다.

[**] 제1차이라크전쟁.

것이었기 때문이죠.

무엇보다 재즈 역사가이기도 했던 훌륭한 작가 앨버트 머리가 저에게 이런 이야기를 해주더군요. 우리가 절대 완전히 만회하지 못할 잔혹 행위인 노예제가 여전히 이 나라에 존재하던 시절, 노예보다 노예 소유주의 자살률이 더 높았다고 합니다. 앨버트 머리에 따르면 노예들에게는 우울함을 해결할 방법이 있었지만, 백인 노예 소유주들은 그렇지 않았던 게 그 이유라고요. 노예들은 블루스를 연주하면 되었으니까요.

머리가 그럴듯한 이야기를 하나 더 해주더군요. 블루스가 우울을 집밖으로 완전히 쫓아낼 수는 없지만, 최소한 블루스가 연주되는 방에서는 우울을 방구석으로 몰아넣을 수 있었다고 말이죠.

어쩌다 저는 지금은 돌아가셨지만 위대한 SF 소설 작가인 아이작 아시모프의 뒤를 이어 미국휴머니스트협회의 명예회장이 됐습니다. 하는 일은 하나도 없는 자리입니다. 우리 휴머니스트들은 사후세계에서 받을 보상이나 처벌을 전혀 의식하지 않고 최대한 올바르게 행동하려 합니다. 그리고 우리가 친밀감을 느끼는 유일한 추상적 존재에게 최선을 다해 봉사합니다. 그 추상적 존재는 바로 공동체입니다.

얼마 전에 아시모프를 위한 추도식이 열렸고 그 자리에서 저는 이렇게 말했습니다. "아이작은 지금 천국에 계십니다." 그건 휴머니스트 앞에서 할 수 있는 가장 웃긴 농담이었습니다. 제 농담을 듣고 사람들은 좌석 옆 통로에서 데굴데굴 굴렀습니다. 장내가 다시 조용해지기까지는 몇 분이 걸렸죠.

여전히 그런 일이 없기를 바라지만, 만약 제가 죽는다면 여러분 중 몇몇이 이렇게 말해줬으면 합니다. "커트는 지금 천국에 있습니다." 제가 제일 좋아하는 농담입니다.

휴머니스트들은 예수를 어떻게 생각할까요? 만약 예수의 말이 훌륭하다면, 그가 신인지 아닌지가 중요할까요?

여러분이 만약 제 나이가 된다면, 그리고 여러분에게 자식이 있다면, 이제 중년이 된 자녀들에게 삶의 의미가 무엇인지 질문하게 될 겁니다. 저는 자식이 일곱이고, 그중 넷은 입양한 아이들입니다.

오늘 졸업하시는 여러분은 대부분 제 손주들과 같은 나이입니다. 여러분과 마찬가지로 제 손주들은 우리 베이비붐 세대*의 기업들과 정부가 한 거짓말에 아주 멋들어지게 속아넘어갔습니다.

저는 제 생물학적 아들인 마크에게 삶에 관한 근본적인 질문을 던진 적이 있습니다. 마크는 소아과 의사이자 『에덴행 급행열차』라는 회고록의 저자입니다. 신경쇠약, 환자구속복, 벽면에

---

* 제2차세계대전 직후 미국의 인구 급증기에 태어난 세대.

패드를 댄 병실에 대한 마크 자신의 경험이 담긴 책이죠. 나중에 마크는 하버드 의대를 졸업할 만큼 상태가 좋아졌습니다.

우리 보니것 박사는 노쇠한 아버지의 질문에 이렇게 답했습니다. "아버지, 우리는 서로 이 삶을 잘 헤쳐나가는 걸 도와주기 위해 태어난 것 같아요. 그게 어떤 삶이든 상관없어요." 자, 이 말을 여러분에게도 전해드리고 싶습니다. 받아 적으세요. 그리고 잊어버리지 않도록 컴퓨터 앞에 붙이세요.

이 말은 아주 훌륭합니다. "남에게 대접을 받고자 하는 대로 남을 대접하라"는 말만큼 좋은 말인 것 같아요. 많은 사람들이 이게 예수가 했을 법한 말과 비슷하다는 이유로 예수의 말일 거라 생각합니다. 그러나 사실은 인류 역사상 가장 위대하고 가장 인간적인 인간인 예수 그리스도가 태어나기 오백 년 전에, 중국의 공자가 한 말입니다.

마르코 폴로를 통해 우리에게 파스타와 화약 제조법을 전해준 것도 중국인들이었습니다. 당시의 중국인들은 너무 멍청해서 화약을 불꽃놀이에만 사용했죠.

당시에는 다들 너무 멍청해서 남반구와 북반구를 통틀어 어느 누구도 화약에 다른 용도가 있다는 것을 알지 못했죠.

그뒤로 겨우 칠백 년이 지났을 뿐이지만 우리는 엄청난 발전을 이뤘습니다. 종종 저는 우리가 그렇게 발전하지 않았으면 하고 생각할 때도 있습니다. 저는 수소폭탄과 〈제리 스프링어 쇼〉*

가 싫거든요.

저는 과학을 사랑합니다. 모든 휴머니스트들이 그렇습니다. 특히 제가 좋아하는 것은 빅뱅 이론입니다. 그 이론의 내용은 이렇습니다. 먼 옛날 모든 것을 포함하는 무無가 있었습니다. 이 무는 엄청난 무여서 무라는 것이 따로 있을 수도 없었습니다. 그러다 갑자기 엄청나게 큰 꽝이 발생해 이 모든 쓰레기들이 나타난 겁니다. 성경 말씀은 잊으세요.

질문 있나요?

물리학과 입구에 뭐라고 써야 하는지 아십니까? 딱 한 단어면 됩니다.

꽝!

제가 또 무얼 생각하는지 아십니까? 저는 삶이 인간은 고사하고 돼지나 닭 같은 동물들도 제대로 대우해주지 못한다고 생각합니다. 삶은 너무 많은 고통을 주죠.

사회주의 비슷한 것만 보면 토하고 싶으십니까? 위대한 공립학교 제도나 전 국민 의료보험처럼?

예수의 산상수훈과 팔복은 어떻습니까?

---

* 제리 스프링어가 진행하는 텔레비전 토크쇼. 1991년부터 방영된 장수 프로그램으로 참가자들 사이에 대립을 유도해 툭하면 난투극이 벌어지는 선정적 방송으로 유명하다.

온유한 사람은 행복하다.

그들은 땅을 차지할 것이다.

자비를 베푸는 사람은 행복하다.

그들은 자비를 입을 것이다.

평화를 위하여 일하는 사람은 행복하다.

그들은 하느님의 아들이 될 것이다. 등등.

공화당 강령과 똑같지는 않죠.

무슨 이유 때문인지 우리 주변에서 가장 목소리가 큰 기독교도들은 팔복을 언급하지 않더군요. 그러나 그분들은 종종 눈물이 그렁그렁한 눈으로 모든 공공건물에 십계명을 게시해야 한다고 주장하곤 합니다. 당연히 십계명은 모세의 것이지 예수의 것이 아니죠. 그분들 가운데 곳곳에 산상수훈이나 팔복을 붙이자고 요구하는 사람을 저는 본 적이 없습니다.

"자비를 베푸는 사람은 행복하다"를 법정에 붙여요?

"평화를 위하여 일하는 사람은 행복하다"를 펜타곤*에요?

말도 안 됩니다!

농담입니다. 그러나 한번 진지하게 생각해봅시다. 이 나라의 소중한 헌법에는 비극적인 결점이 있지만, 저는 그 결점을 고칠

---

* 미국 국방부.

방법을 알지 못합니다. 문제는 이겁니다. 미치광이만이 대통령이 되고 싶어한다는 거죠.

심지어 고등학교에서도 그랬습니다. 심각하게 머리가 이상한 학생들만이 반장 선거에 출마했죠.

정신과 의사들이 모든 후보들을 검사해보도록 할 수도 있습니다. 그러나 정신병자가 아니라면 누가 정신과 의사가 되고 싶어한단 말입니까?

그러나 곰곰이 생각해보면, 오직 미치광이만이 인간이 되고 싶어하겠죠. 그에게 선택의 여지가 있다면요. 우리는 배신하고, 거짓말하고, 탐욕스럽고, 믿지 못할 동물이 아닙니까!

저는 여러분 중 누구도 절대 믿지 않습니다. 여러분이 아무리 친절하고 순수해 보여도 말이죠. 왜냐하면 여러분은 인간이니까요.

기독교인들이 말하듯이 해보겠습니다. 빌어먹을*, 저를 절대 믿지 마세요. 참을 수 없습니다.

제가 가장 좋아하는 노래요? "내가 당신을 사랑한다 말했을 때 왜 나를 믿었어, 내가 한평생 거짓말쟁이였단 걸 알면서도"**

---

* 원문 표현 "for the love of God"은 단어 그대로의 의미('신의 사랑을 위하여') 대신 '빌어먹을'이라는 관용적 의미로 주로 쓰이는데, 보니것은 이 점에 착안해 웃음을 유도하고 있다.
** 뮤지컬 영화 〈로열 웨딩〉(1951)의 수록곡.

입니다.

제가 매일 밤 무슨 기도를 하는지 궁금하신가요?

저는 석탄 보관 창고의 간이침대 옆에 늙은 무릎을 꿇고 진심을 담아 이렇게 기도합니다. "관계자 여러분께, 제 영혼을 해달이나 외양간 올빼미 속에 넣어주시면 안 될까요?" 인간이 되느니 차라리 해달이 되겠습니다. 석유 유출 사고가 또 일어날지라도 말입니다.

영국의 수학자이자 철학자인 버트런드 러셀이 이 행성을 뭐라고 불렀는지 아십니까? "은하계 정신병원"이라 불렀습니다. 환자들이 이 별을 접수해서는 서로를 괴롭히며 건물을 때려부수고 있다고요. 병균이나 코끼리를 말한 것이 아니었습니다. 우리, 인간들을 가리켜 말한 것이었습니다.

러셀 경은 거의 백 세까지 사셨습니다. 서기 1872년에 태어나 1970년에 세상을 떠났습니다. 그렇다면 '서기'는 무엇을 뜻할까요? 다른 환자들이 나무 십자가에 못으로 박아 죽인 어떤 환자를 기념하는 것입니다. 다른 환자들은 이 환자가 아직 의식이 있는 동안 손목과 발등에 망치로 대못을 박아 나무 십자가에 고정시켰습니다. 농담이 아닙니다. 그러고 나서 십자가를 수직으로 세워 이 환자가 저 높이 매달려 있도록 했습니다. 군중 가운데 키가 가장 작은 사람도 그가 괴로움에 몸부림치는 모습을 볼 수 있게 하려고 말이죠.

여러분은 사람들이 다른 누군가에게 그런 짓을 하는 광경을 상상할 수 있습니까?

물론 할 수 있습니다. 그게 오락이죠. 독실한 가톨릭 신자인 멜 깁슨에게 물어보세요. 그는 경건한 신자로서, 예수 고문법을 영화*로 찍어 떼돈을 벌었습니다. 예수의 말은 신경도 쓰지 않았죠.

영국 국교회를 확립한 헨리 8세는 통치 기간 동안에 화폐 위조범을 공개적으로 끓는 물에 넣어 처형했습니다. 이 역시 쇼 비즈니스였습니다.

멜 깁슨은 차기작으로 〈위조범〉을 찍어야 합니다. 그러면 영화 흥행 기록의 역사가 다시 쓰일 것입니다.

현대사회가 좋은 이유 가운데 하나는 다음과 같습니다. 만약 여러분이 텔레비전에 나와 끔찍하게 죽는다면, 여러분의 죽음은 헛되지 않을 것입니다. 시청자들을 즐겁게 해줬기 때문이죠.

영국의 위대한 역사가인 에드워드 기번은 그때까지 인류의 기록에 관해 뭐라고 평가했을까요? 그는 "역사는 인류가 저지른 범죄와 어리석은 짓, 인류가 겪은 불행을 기록한 것에 불과하다"라고 했습니다.

오늘자 조간 〈뉴욕 타임스〉도 똑같은 평가를 받을 수 있겠

---

* 〈패션 오브 크라이스트〉(2004).

군요.

에드워드 기번의 생몰년은? 서기 1737년부터 1794년까지였습니다.

프랑스령 알제리 출신의 작가 알베르 카뮈는 1957년에 노벨문학상을 받았죠. 그는 이렇게 썼습니다. "이 세상에 진정으로 중요한 철학적 문제는 딱 하나다. 그것은 바로 자살이다."

문학에서 아주 재미있는 사건이 또하나 있었죠.

정작 카뮈는 자동차 사고로 죽었다는 겁니다.

그의 생몰년은? 서기 1913년부터 1960년까지였습니다.

잘 들어보세요. 모든 위대한 문학작품은 인간이 된다는 것이 얼마나 실망스러운 일인가를 다루고 있습니다.『모비 딕』『허클베리 핀의 모험』『붉은 무공훈장』『일리아드』『오디세이』『죄와 벌』『성경』『경기병대의 돌격』 등이 모두 그렇습니다.

그러나 저는 인류를 변호하며 다음과 같이 말하고 싶습니다. 에덴동산을 포함해 역사상 어느 시대에서든 사람들은 이제 막 그곳에 도착했을 뿐이었습니다. 에덴동산을 제외하고 이 땅에는 이미 별의별 미친 속임수가 존재하고 있었습니다. 본래 미친 사람이 아니었을지라도 미친 행동을 해야 할 수도 있었죠. 여러분이 이 땅에 도착하기 전부터 이미 쓰이고 있던 속임수로는 사랑과 증오, 진보주의와 보수주의, 자동차와 신용카드와 여자 농구 등이 있습니다.

우리가 이 땅에 도착하기 전부터 진행되고 있던 속임수에 관해 이야기해보죠.

만약 여러분이 슈퍼마켓 타블로이드판 신문에 실린 시사 문제들을 꾸준히 읽었다면, 지난 십 년 동안 화성인 인류학자 연구팀이 이 나라 문화를 연구해왔다는 사실을 아실 겁니다. 아시다시피 미국 문화만이 이 망할 행성에서 유일하게 연구할 만한 가치가 있기 때문이죠. 브라질이나 아르헨티나는 잊어버리세요.

어쨌든, 화성인들은 지난주 고향으로 돌아갔습니다. 지구온난화가 얼마나 끔찍한 결과를 초래할지 알았기 때문이죠. 화성인들의 우주선은 비행접시가 아니라 비행그릇에 더 가까웠습니다. 그들은 키가 매우 작았습니다. 겨우 6인치*에 불과했죠. 몸 색깔도 초록색이 아니라 연한 자주색이었습니다.**

조그만 자줏빛 몸의 화성인 지도자는 조그맣고, 쪼끄맣고, 굉장히 쪼끄만 목소리로 작별인사를 하면서 미국 문화 중에서 그들이 절대 이해하지 못할 것이 두 가지 있다고 말했습니다.

화성인 지도자가 찍찍거리며 말했습니다. "도대체 뭡니까? 구강성교와 골프는 도대체 뭐에 관한 것인가요?"

현대의 미국 정치는 골프보다 더 미쳤죠. 텔레비전 덕분에, 텔

---

* 약 15센티미터.
** 영어권에서 외계인을 묘사할 때 상투적으로 'little green men'이란 표현을 사용한다.

레비전의 편리함 덕분에, 여러분은 두 종류의 인간 가운데 한쪽에만 속할 수 있습니다. 자유주의자이거나 보수주의자이거나.

사실은 말이죠, 열 세대 전에도 똑같은 일이 영국인들에게 일어났습니다. '길버트앤드설리번*'이라는 급진적인 작사·작곡 팀의 일원인 윌리엄 길버트 경이 당시에 관한 노래 가사를 짓기도 했죠.

> 나는 종종 웃긴다고 생각해
> 조물주가 모든 소년과 모든 소녀를
> 이 세상에 살아서 태어난 그들을
> 어떻게 하찮은 자유주의자나
> 하찮은 보수주의자로 만드는지를 보면.

여러분은 이 나라에서 어디에 속하십니까? 둘 중 하나에 속하는 것은 사실상 삶의 법칙입니다. 만약 어느 쪽도 아니라면, 여러분은 도넛일지도 모릅니다.

아직 결정하지 못한 분이 계시다면, 제가 결정을 도와드리겠습니다.

만약 여러분이 제 손에서 총을 빼앗고, 태아 살해를 찬성하

---

* 작사가 W. S. 길버트와 작곡가 아서 설리번은 19세기 말 영국에서 풍자적 내용의 오페라를 발표해 명성을 떨쳤다.

고, 동성 커플이 결혼하는 것을 축복하며 그들에게 결혼 축하 파티를 열어주고, 빈민을 위하고 싶다면, 여러분은 자유주의자입니다.

만약 이런 변태 행위에 반대하고 부자를 옹호하신다면 여러분은 보수주의자입니다.

너무 간단하죠?

자, 이제 손을 들어주세요. 자유주의자이신 분?

동성애에 관해 말해보겠습니다. 여러분이 부모님에게 정말 큰 상처를 입히고 싶은데 게이가 될 용기가 없다면, 최소한 예술가는 될 수 있습니다. 몇 분 뒤 문예창작에 관해 강의해드리죠.

그동안 미국 정부가 벌인 마약과의 전쟁에 관해 이야기해보겠습니다. 마약이 전혀 없는 것보다야 그게 낫겠죠. 제 아들 마크는 불법 메스칼린* 때문에 한동안 정신병원에 입원하기도 했답니다.

하지만 제 얘기 좀 들어보세요. 모든 물질 중 가장 널리 남용되고 중독성과 파괴성이 가장 강한 두 종류의 물질이 완벽하게 합법입니다. 그중 하나는 물론 에틸알코올**입니다. 자그마치 조지 W. 부시 대통령께서도, 본인이 직접 말하길, 열여섯 살부터 마흔한 살까지 코가 삐뚤어지도록 마시면서 고주망태 혹은 술

---

* 선인장에서 추출한 환각 성분이 함유된 약품.
** 술에 함유된 일반 알코올.

고래로 세월을 보냈다고 합니다. 그런데 마흔한 살이 되자, 예수가 눈앞에 나타나 일체로 술을 끊으라고 하셨다는군요.

다른 술꾼들은 보통 분홍색 코끼리*를 보기도 했는데 말이죠.

근데 알 게 뭡니까? 부시 대통령이야 어차피 큰 결정을 내리지도 않았고, 내릴 수도 없었고, 내리고 싶지도 않았을 테니까요.

이라크와 아프가니스탄에 무슨 일이 일어나더라도 도망치지 않겠다고 말한 것밖에 한 일이 없는걸요. 텍사스 주 크로퍼드**에서 도망치면 어디로 갈 수 있을까요? 아이오와 주 더뷰크***? 아니면 이곳 스포캔?

부시 대통령이 왜 아랍인에게 화가 났는지 아십니까? 아랍인들이 대수학을 발명했거든요.

또한 아랍인은 우리가 사용하는 숫자들도 발명했습니다. 무無를 상징하는 숫자도요. 이전에는 아무도 그런 숫자를 생각하지 못했습니다.

여러분은 아랍인이 멍청하다고 생각하시나요? 그럼 로마숫자로 긴 나눗셈을 한번 해보시죠.

---

* 작가 잭 런던, 재즈음악가 선 라 등 많은 미국 문화인들이 알코올 중독에 빠졌을 때 '분홍색 코끼리'를 보았다고 고백한 데서 온 표현으로 '알코올로 인한 섬망증'을 일컫기도 한다.
** 부시 대통령이 이곳에 목장을 소유하고 있다.
*** 2002년 9월, 유엔안보리에서 이라크 침략 문제로 논쟁이 벌어지던 때에 부시 대통령은 더뷰크에서 사담 후세인을 제거해야 한다는 내용의 연설을 했다.

우리가 민주주의를 전파하고 있다고 생각하시죠? 그런가요? 유럽 탐험가들이 똑같은 방식으로 오늘날 우리가 '아메리카 원주민'이라 부르는 이들, 인디언들에게 기독교를 전파했죠. 어떤 아메리카 원주민이 좀 건방지다고 불태워 죽이려 했던 어느 스페인 사람 이야기가 있습니다. 원주민이 말뚝에 묶인 건 단지 재미를 위해서였습니다. 그리고 스페인 사람은 기다란 막대의 끝에 십자가를 매달아 그걸 높이 들었습니다. 원주민더러 거기에 입맞춤을 하라는 것이었죠.

그러자 아메리카 원주민이 왜 내가 거기에 입을 맞춰야 하냐고 물었습니다. 그러자 스페인 사람은 거기에 입맞춤을 하면 천국에 갈 수 있다고 대답했습니다. 그러자 원주민은 천국에 스페인 사람이 있는지 물었습니다. 그렇다는 대답을 듣자 원주민은 그곳에 전혀 가고 싶지 않다고 대꾸했습니다.

이런 배은망덕한 원주민 같으니라고! 이런 배은망덕한 바그다드 사람들 같으니라고!

자, 이제 억만장자들에게 또 한번 감세 정책을 선물해야죠.* 그래야 알카에다가 잊지 못할 교훈을 배우게 될 테니까요. 대통령 만세.

부시 대통령과 그의 지지자들은 민주주의와 거의 관련이 없

---

* 부시 정부가 2001년과 2003년에 소득세, 자본이익, 주식배당 등에 대한 세금 부담을 줄여 고소득자들이 이득을 봤다.

습니다. 그 스페인 사람들이 예수와 거의 관련이 없던 것처럼요. 저들이 다음에 무슨 짓을 저지르든 우리 국민은 아무 말도 할 수 없습니다. 혹시 모르셨다면 알려드리죠. 저들은 이 나라 국고를 싹 털어 전쟁과 국가 안보를 이용해 돈을 버는 악당 친구들에게 바쳤습니다. 우리 세대와 그다음 세대에게는 언젠가 갚아야 할 엄청난 빚만 남기고 말이죠.

저들이 여러분에게 그런 짓을 저지를 때 아무도 울지 않았습니다. 부유한 사람들과 텔레비전이 헌법에 장치된 모든 도난 경보기를 꺼버렸기 때문이죠. 하원, 상원, 대법원, FBI와 우리 국민 등 모든 경보기를 말입니다.

이번에는 저의 이물질 남용의 역사에 관해 말씀드리겠습니다. 하느님의 은총 때문인지, 저는 알코올중독자가 되지 않는 유전자를 타고났습니다. 저는 종종 술을 한두 잔 마십니다. 오늘밤도 한두 잔 하려 합니다. 그러나 제 주량이 딱 두 잔입니다. 그래서 괜찮습니다.

물론, 저는 골초로 악명이 높습니다. 언젠가 담배가 저를 죽여줄 거라는 희망을 포기하지 않으렵니다. 한쪽 끝엔 불이 붙어 있고 다른 쪽 끝엔 그걸 피우는 바보가 있는 셈이죠.

저는 헤로인, 코카인, LSD 등에 늘 겁을 집어먹었습니다. 아들 마크와 달리, 저는 제 머리가 돌아버려 다시는 제정신으로 돌아오지 못할까봐 두려웠습니다. 그레이트풀 데드의 제리 가르시아와 친해지려고 마리화나 한 대를 같이 피운 적이 있었습니다. 저는 아무런 효과도 느끼지 못했고, 그뒤로 다시는 피우지 않았답니다.

그러나 한가지 말씀 드리자면, 저는 크랙 코카인*을 흡입했을 때보다 더 강력하게 취한 적이 있습니다. 바로 첫 운전면허증을 받았을 때였습니다! 조심해라 세상아! 여기 커트 보니것이 나가신다! 나는 자동차다, 나는 100마력이다, 나는 1100인력이다, 그러니 내 앞에서 까불지 마. 어이, 자기야, 태워다줄까?

제 기억으로 그즈음 제가 몰던 자동차는 스튜드베이커**였는데, 오늘날 거의 모든 운송수단과 기계류, 발전소, 용광로와 마찬가지로, 역사상 가장 중독성이 강하고 파괴적인 마약의 힘으로 움직였습니다. 그 마약은 바로 화석연료입니다. 불이 참 잘 붙죠.

여러분이 이 세상에 태어났을 때, 심지어 제가 태어났을 때도 산업화된 세상은 이미 돌이킬 수 없을 정도로 화석연료에 중독된 상태였고, 이제 곧 화석연료가 고갈될 겁니다. 그럼 금단증세가 오겠죠.

혹시 '크랙 신생아'란 말을 들어보셨습니까? 산모가 크랙 코카인 중독자인 바람에 태어날 때부터 중독된 아기들을 일컫는

---

* 코카인 중 하나로 순도가 매우 높다.
** 독일인 이민자 출신 스튜드베이커 형제가 설립한 미국 자동차 회사 브랜드.

말이지요. 거참, 우리는 모두 화석연료 신생아인 것입니다.

지금 이 순간에도 우리는 열동력을 발생시키려 야단법석을 떨며 화석연료의 마지막 한 부스러기, 한 방울, 한 조각까지 긁어모아 불태우고 있습니다. 우리가 그 짓을 하는 동안, 그것의 폐기물로 인해 공기와 물은 점점 더 마시기 힘든 상태가 되었고, 우리 때문에 갈수록 많은 생명체가 멸종하고 있습니다.

여기는 대학교입니다. 그렇죠? 젊은이들에게 진실을 말해줘도 괜찮을까요? 이곳은 텔레비전 뉴스와는 다르죠? 그렇죠?

제가 생각하는 진실은 다음과 같습니다. 우리는 모두 중독을 부정하는 화석연료 중독자들로, 곧 금단증세가 찾아올 겁니다.

그래서 금단증세를 코앞에 둔 많은 중독자들처럼, 우리는 우리가 중독된 약물의 부스러기 약간이라도 얻기 위해 폭력적인 범죄를 저지르고 있죠.

그러나 긴장 푸세요. 우울한 분위기를 깰 농담을 하나 해드리겠습니다. 역시 화성인 농담입니다. 바로 이겁니다. 우리에겐 아직 음악과 유머 감각이 있으니 너무 걱정하지 마시고요.

친구들, 오늘밤 좋은 소식과 나쁜 소식이 있습니다. 나쁜 소식은 화성인들이 뉴욕에 착륙해 월도프애스토리아 호텔*에 숙박하고 있다는 것입니다.

---

* 뉴욕 맨해튼에 위치한 최고급 호텔로, 냉전 시대 저명한 국제 정치가들이 머물곤 했다.

좋은 소식은 그들이 노숙자들만 잡아먹고, 휘발유를 오줌으로 싼다는 것입니다.

그 오줌을 페라리 자동차에 넣으면 시속 100마일로 달릴 수 있습니다. 남성의 경우, 상상도 못했던 아리따운 여성을 태울 수 있겠죠. 그 오줌을 비행기에 넣으면 총알처럼 빠르게 날아가 아랍 사람들의 머리 위에 온갖 쓰레기를 떨어뜨릴 수 있습니다. 그 오줌을 통학 버스에 넣으면 아이들을 등하교시킬 수 있습니다. 그 오줌을 소방차에 넣으면 소방관들이 불을 끄러 갈 수 있습니다. 그 오줌을 혼다 자동차에 넣으면 그 차를 타고 출퇴근을 할 수 있습니다.

그리고 조금만 기다려보세요, 화성인들이 곧 응가를 쌀 겁니다. 화성인들의 응가는 우라늄입니다. 그것 한 덩어리면 타코마*의 모든 가정, 교회, 기업에 불을 밝히고 난방을 해결할 수 있습니다.

제 나이가 되면 어떤지 아세요? 평행주차를 똑바로 못합니다. 그러니 제가 평행주차할 때는 보지 마세요. 중력도 예전보다 덜 친절하고 더 감당하기 힘들어졌습니다.

저는 또한 열렬한 무생식자가 되었습니다. 로마 가톨릭의 이성애 성직자 가운데 50퍼센트처럼 저도 금욕 생활을 하고 있습

---

* 미국 워싱턴 주의 작은 항구도시.

니다. 금욕은 치과 치료와 다릅니다. 금욕은 값싸고 편리합니다. 나중에 무언가를 해야 하거나 말할 필요도 없습니다. 나중이 없기 때문이죠.

제가 텔레비전이라 부르는 울화통이 눈앞에 여성 가슴과 미소를 보여주며 저를 제외한 모든 사람들이 오늘 화끈한 밤을 보낼 거라고 하거나, 지금 국가비상상태가 발령되었으니 달려나가서 자동차, 알약, 침대 밑에 보관할 수 있는 접이식 운동기구 같은 걸 사라고 한다면, 저는 하이에나처럼 웃을 겁니다. 저도 여러분도 알다시피 오늘밤 수백만의 선량한 미국인들은 화끈한 밤을 보내지 못할 겁니다. 여기 오신 분들도 예외가 아니겠죠.

열렬한 무생식자들이여, 투표를 합시다! 저는 역시 그날 화끈한 밤을 보내지 못한 미국 대통령이 미국 무생식자 프라이드 데이를 선포하는 날이 오기를 고대합니다. 그날이 오면 벽장에 숨어 있던 수백만의 무생식자들이 몰려나올 겁니다. 이토록 여자 가슴에 환장하는 우리 민주주의 사회 곳곳에서, 우리는 어깨를 쭉 펴고 턱을 높이 든 채 중심가까지 행진할 겁니다. 하이에나처럼 웃으면서요.

그러나 제 말을 들어보세요. 예전에 어느 감상적인 여성이 제게 편지를 보낸 적이 있습니다. 그 여성은 저도 감상적인 사람이란 것을 알았습니다. 저는 프랭클린 루스벨트식 민주당원*이자 가난한 노동자들의 친구이니까요. 그 여성은 조만간 아기를 낳을 예정이었습니다. 물론 저는 아기 아빠가 아니었습니다. 그 여성은 순수하고 연약한 아기를 요즘처럼 무서운 세상에 내보는 게 혹시 실수는 아닌지 궁금해했습니다. 저는 제가 만난 성자들 덕분에 인생이 살 만한 가치가 있음을 느꼈다고 답했습니다. 이 성자들은 어느 경우에나 인정이 넘치고 유능한 사람들로, 어디서나 만날 수 있습니다.

오늘밤 이 자리에 계신 여러분 가운데 몇몇은 그 여성의 자녀가 만날 성자이거나 성자가 될 것입니다. 우리 중 대부분은 원죄로 가득차 있습니다. 그러나 우리 중 의외로 많은 이들이 원덕元德으로 가득차 있습니다. 그것 참 좋지 않습니까?

이제 제가 문예창작을 가르칠 시간이군요.

첫째, 세미콜론을 사용하지 마세요. 세미콜론은 아무런 의미도 없고 변덕스러운 자웅동체 같은 겁니다. 그것은 단지 글쓴이가 대학물을 먹었다는 사실을 보여줄 뿐입니다.

여러분 중 몇몇은 제 말이 진짜인지 가짜인지 구분하지 못하고 계신 것 같군요. 그래서 지금부터는 농담을 할 때마다 코를 톡톡 치겠습니다.

예를 들어볼까요? 주 방위군이나 해병대에 입대해서 민주주의를 가르치세요(코를 가리킨다).

---

* 미국 제32대 대통령 루스벨트의 뉴딜 정책을 민주당과 미국 정부의 정책을 평가하는 기준으로 삼는 사람들.

만약 제가 가운데 손가락을 여러분을 향해 들면(가운데 손가락을 든다), 이곳 스포캔이 알카에다의 공격에 직면했다는 뜻입니다. 그런 경우에 여러분은 깃발을 흔들어주세요. 가능하다면 말이죠. 그러면 그들이 겁을 먹고 달아날 테니까요. 절대 이 두 신호를 헷갈리면 안 됩니다. 아니면 의도치 않게 제3차세계대전이 일어나는 결과를 초래할 수 있습니다.

저는 이제 확성기에서 흘러나오는 〈푸른 다뉴브 강〉에 맞춰 퇴장하겠습니다. 여러분도 왈츠를 추면서 퇴장해주세요.

5
Z박사님을 기리며
1994년 2월 17일
시카고 대학(일리노이 주 시카고)

"Z박사님의 병아리들 중 하나가 된 것은
제게 일어난 최고의 행운 중 하나였습니다.
드레스덴이 폭격당할 때 그곳에 있었던 일 다음가는
행운이었을 겁니다."

　몇 년 전 어느 젊은 여자분이 제게 이 학교에 입학 원서를 냈다고 말했습니다. 면접관이 그녀에게 왜 이 학교에 매력을 느꼈는지 물었다더군요. 그녀는 당연히 다른 이유도 많지만, 무엇보다 필립 로스와 제가 이곳에 다녔기 때문이라고 대답했답니다. 그런데 면접관이 필립과 제가 이곳에 오지 말았어야 할 종류의 사람들이라고 했다는 겁니다. 그게 무슨 의미일까요? 그 면접관께서 여기 청중석에 계시다면, 나중에 따로 뵙고 얘기를 나누고 싶네요.

　저는 1946년에 전쟁터에서 돌아온 직후 이 학교에 입학했습니다. 제가 참가했던 전쟁은 제2차세계대전이었습니다. H. G. 웰스*의 소설에 어울릴 만한 이름과 사건이었죠. 그 전쟁은 미국이 히로시마와 나가사키에 사는 민간인들과 그들의 반려동물과 화초에 원자폭탄을 투하하면서 끝났습니다. 모든 사람들이 그 일에 큰 충격을 받았죠. 그 폭탄의 잠재력이 처음 증명된 곳이 바로 이 대학의 버려진 미식축구 경기장이었습니다. 아무도 접촉 스포츠가 중요하다고 생각하지 않아 버려진 곳이었죠. 당시 총장이었던 로버트 메이너드 허친스는 유명한 말을 남겼는데요. 운동을 해야겠다고 느낄 때마다 그 느낌이 사라질 때까지 누워 있는다고 했답니다. 허친스는 그렇게 머리만 쓰더니 결국 캘리포니아의 어느 싱크think 탱크로 갔습니다.

제가 아는 한 하버드 대학에서 개발한 제2차세계대전 무기 중 5달러만큼의 가치라도 있는 것은 네이팜, 즉 젤리형 가솔린뿐입니다. 하버드 대학은 그게 참 끝내주는 물건이라 생각하더군요.

저는 인디애나폴리스에서 이곳으로 왔습니다. 당시에는 그게 프랑스 시골 사람이 파리에 가거나, 오스트리아 촌뜨기가 빈에 가거나, 혹은 아돌프 히틀러가 독일 뮌헨에 간 것**과 마찬가지였습니다.

역시 로버트 메이너드 허친스 덕분에 당시 학사 과정은 이 년 동안 이른바 '명저들'을 공부하는 게 전부였습니다. 필립 로스는

---

* '과학 소설의 아버지'라 불리는 영국 소설가(1866~1946).
** 오스트리아 태생의 히틀러는 빈에서 미술학교 진학에 실패한 후 뮌헨으로 이주했다. 이후 뮌헨은 히틀러의 정치적 고향이 되었다.

그런 단기 과정의 산물이었죠. 로스와 저는 아주 오랜 세월이 지난 후에야 만났습니다. 당시 시카고 대학 대학원에서는 동시대 다른 미국 대학들에서 2학년 이후에나 다루는 과정을 전부 다루었습니다. 다른 곳에서 이 년치 이상의 학점을 따놓은 다른 많은 귀환 장병들처럼, 저는 삼사 년이 지나야 석사를 딸 수 있는 이 독특한 대학원에 입학했습니다.

이곳에 다니기 전에 저는 화학, 물리학, 수학, 생물학 강의에서 거의 낙제에 가까운 학점을 받았습니다. 사실 두 번이나 낙제한 과목도 있습니다. 바로 열역학입니다. 그 과목의 존재 목적이 저 같은 사람이 과학자가 되는 걸 막는 것이었죠.

여러분만 괜찮으시다면 개소리라 부르고 싶네요, 제가 뛰어넘지 못한 열역학이라는 지적 장벽 말입니다. 그러나 저는 여전히 과학적 사고를 하는 사람이자 진실, 모든 진실을, 오로지 진실만을 사랑하는 사람으로 존경받기를 바랐습니다. 그래서 저는 유사 과학의 길을 택할 수밖에 없었죠. 저는 이상적으로 그것이 같은 유사 과학이더라도 점성술, 기상학, 미용, 경제학, 시체보존법보다는 사회적으로 우월해야 한다고 생각했습니다.

그때나 지금이나 그중에서 가장 유명한 분야는 정신분석학과 문화인류학이었습니다. 아직까지도 이 두 학문은 무고한 사람을 주기적으로 뜨거운 의자, 즉 전기의자로 보낼 때 증거로 사용되던 인간의 증언에 기초를 두고 있습니다. 쓸데없는 말을 기반으로 하는 거죠. 저는 문화인류학을 선택했습니다. 여러분은 지금 그 결과를 눈앞에서 마주하고 있습니다.

전후에 참전 병사들이 대거 고등교육기관에 유입된 것이 어떤 효과를 냈는지에 대해 그동안 많은 논의가 있었습니다. 그 효과 중 하나는 많은 선생님들이 당혹감을 느꼈다는 것입니다. 선생님의 권위와 매력이란 학생들보다 세상과 삶의 경험이 풍부할 때 나오는 것이기 때문이죠. 저는 세미나에서 군인 시절에 관찰했던 인류의 모습에 관해 이야기하곤 했습니다. 전쟁 포로로서, 그리고 가정이 있는 남자로서. 당시 저는 아내와 아이가 있었습니다. 그건 크랩스* 게임에 납을 박은 눈속임용 주사위를 들고 온 것과 같은 결례였습니다. 공정하지 않은 것이었죠.

또한, 우리는 너무 순진했습니다.

되돌아보면, 인류학과의 일원이 되려는 제 노력은 키부츠**, 즉 브루노 베텔하임***이 쓴 『꿈의 아이들』에 묘사된 키부츠를 방문하는 것과 비슷했습니다. 우리 귀환 장병들은 정중한 대우를 받는 약간 흥미로운 이방인에 불과했습니다. 우리나 저들이나 우리가 곧 사라질 존재란 점을 알았습니다. 그리고 정말 곧 사라졌

---

* 주사위 두 개로 하는 도박의 일종.

** 이스라엘의 집단 농장.

*** 미국의 저명한 아동심리학자(1903~90)로, 나치 수용소에서 생존한 후 미국으로 이주해 시카고 대학 교수로 재직했다. 『꿈의 아이들』은 베텔하임이 1964년 이스라엘의 한 키부츠를 다녀와서 쓴 방문기다.

습니다.

그즈음 〈뉴요커〉에는 루드비히 베멀먼즈*가 쓴 소설이 연재되었는데요. 파리의 대형 호텔에서 웨이터를 보조하는 식당 조수에 관한 작품이었습니다. 그 식당 조수의 이름은 '메스풀레츠 mespoulets' 즉, '우리 병아리들**'이었습니다. 메스풀레츠의 주요 임무는 호텔 경영진이 다시는 오지 않았으면 하고 바라는 손님의 시중을 드는 일이었습니다.

제 생각에 모든 학과에는 일종의 메스풀레츠가 있습니다. 아이오와 대학에서 제가 교편을 잡았을 당시 그곳의 작가 워크숍에는 분명히 한 명 있었습니다. 제가 재학생이던 시절 이곳 인류학과에도 한 분 계셨습니다. 이제 그분을 Z박사님이라고 부르겠습니다. 그분은 더이상 이 세상 사람이 아닙니다.

Z박사님은 위대한 문화인류학자라는 평판을 얻기 위해 꼭 필요한 매력과 무대 장악력이 부족하셨습니다. 또한 당시에 당신의 글을 출판하는 데에도 어려움을 겪고 계셨습니다. 그래서 학과의 스타 교수들이 신경쓰고 싶지 않아하는 학생들의 논문 지도교수가 되셨습니다. 여름 학기에 강의를 하기도 하셨죠. 학과의 다른 사람들이 휴가를 보내거나 유물 발굴장에 가 있는 동안 말입니다. 제대군인들에게 고마운 정부로부터 생활보조금을

---

* 오스트리아 출신의 미국 동화 작가(1898~1962).
** mes poulets, 프랑스어로 읽으면 '메 풀레', '우리 병아리들'이라는 의미.

계속 받을 수 있는 자격을 주는 게 그 수업의 진정한 목적이었기 때문에 강의 내용은 뭐든 상관없었습니다. 당시 저는 먹고살기 위해 시카고 시티 보도국*에서 경찰 출입 기자로 일하며 요즘 '도시 인류학'으로 불리는 것을 실천하고 있었습니다.

Z박사님의 병아리들 중 하나가 된 것은 제게 일어난 최고의 행운 중 하나였습니다. 드레스덴이 폭격당할 때 그곳에 있었던 일 다음가는 행운이었을 겁니다. Z박사님은 오래전에 돌아가셨지만 그분이 생각하셨던 많은 것들은 제 마음속에 살아 있습니다. 박사님은 제가 대학을 떠나고 몇 년 후에 돌아가셨습니다. 자살이었죠. 그분은 과학, 예술, 종교, 진화 등에 관해 굉장한 식견을 가지고 계셨고, 그것들을 당신의 어처구니없는 여름 학기 강의중에 풀어놓으셨습니다. 그 가르침 중 많은 것들이, 그리고 상상할 수 있는 가장 커다란 문제를 다루는 그분의 심오함이 제 소설의 소재가 된 게 분명합니다.

그분이 유언장을 남기셨는지는 모르겠습니다. 추측컨대 당신의 위대한 사상을 종이에 기록하기란 불가능했을 겁니다.

박사님은 위대한 생각을 워낙 많이 하고 계셔서 그중 하나를 제 논문 주제로 주셨습니다. 당시 저는 학계에서 상병쯤 되는 위

---

* Chicago City News Bureau. 일명 City Press. 시카고 언론사 연합인 시카고 언론연합이 만든 기구로, 이곳 기자들은 주로 경찰서를 출입하면서 각 언론사에 보낼 작은 뉴스들을 수집했다.

치인 석사 학위를 받으려고 준비중이었죠. Z박사님은 제게 문화의 급진적인 변화를 위해 필요한 리더십에 관해 논문을 쓰라고 말씀하셨습니다. 제가 함부로 반대할 이유가 없었겠죠?

그래서 저는 그것을 주제로 삼았습니다. 그분은 제게 평화로운 인디언들을 미합중국 군대에 맞서 싸우도록 독려한 이른바 '고스트 댄스*'의 리더들과 사물의 겉모습과 회화의 관계에서 완전히 새로운 것을 시도한 입체파의 리더들을 비교하라고 하셨습니다. 직접 말씀하시지는 않았지만 박사님께서는 이미 그 둘을 비교해보신 것 같았습니다. 그래서 저는 그분의 지도 아래, 그분이 도달했음에 틀림없는 결론에 도달했습니다.

그러나 학과에서는 너무 거창하고 인류학 같지 않다는 이유로 제 논문을 통과시키지 않았습니다. 그리고 돈도 시간도 없었던 저는 당시 역사상 가장 풍요롭고 자비로운 사회주의 성향의 주로 꼽히던 곳에 일자리를 얻었습니다. 뉴욕 주 스케넥터디에 소재한 제너럴일렉트릭 사**에 취직한 것이었죠.

그 가치가 얼마나 되든, 제가 군대 있을 때 쓰던 말로 '뜨끈한 침 한 잔'의 값어치에 불과할 수 있습니다만, 고스트 댄스와 입

---

* 북미 파이우트족이 시작한 춤으로, 백인들의 문명을 거부하는 종교운동으로 성장했다.
** 그즈음 제너럴일렉트릭 사는 미국 자본주의를 상징하는 기업으로, 미국의 제40대 대통령 로널드 레이건 등을 앞세워 국가가 경제에 개입하고 복지를 늘리는 것에 반대했다.

체파를 이끈 리더들은 다음 요소들을 공통으로 갖추고 있었습니다.

1. 언젠가 일어날 문화적 변화를 감지해내는 카리스마가 있으며 타고난 재능을 가진 리더
2. 이 리더가 미친 사람이 아니며 경청할 가치가 있는 말을 한다고 증언할 두 명 이상의 존경받는 시민들.
3. 리더가 무엇을 하고자 하고, 그가 얼마나 멋지고 등등을 대중을 상대로 끝없이 말해줄, 말주변이 좋고 매력적인 해설자.

아돌프 히틀러를 보면 이런 조직 편성이 꽤 성공적이라는 걸 알 수 있죠. 아마도 로버트 메이너드 허친스의 경우도 그랬던 것 같습니다. 육십 년 전 허친스가 이곳을 완전히 뒤바꾸었을 때 말이죠.

몇 년 전 볼일을 보러 시카고를 방문했을 때 옛 학과 사무실을 방문했습니다. 제가 학교를 다닐 때 계셨던 분들 중 아직 교편을 잡고 계신 분은 솔 택스 교수님이 유일하더군요. 저는 키부츠의 일원이자 학위 논문이 통과됐던 제 옛 학우들의 안부를 물었습니다. 솔 택스 교수님은 그중 한 명이 보스턴에서 도시인류학을 연구하고 있다고 말했고, 저는 제가 그곳에서 몇 년 동안

광고대행사에서 일했던 경험을 말씀드렸습니다.

저는 여러분에게 지금껏 이야기한 내용을 당시 솔 교수님께도 말씀드렸습니다. 제가 얼마나 Z박사님에게 빚을 지고 있는지 등등을요. Z박사님이 학과 서열에서 밑바닥 처지, 즉 '메스풀레츠'에 계셨다는 점에 대해서는 말하지 않았습니다. 부진한 학생들의 지도교수 역할을 억지로 떠맡은 교수님들을 가리키기 위해 메스풀레츠가 학계 언어가 되면 좋겠네요. 광고대행사에서는 우편물실에서 일을 시작하는 경우가 흔합니다. 교수직의 경우 메스풀레츠로 시작하는 경우가 흔하죠.

대화할 때 새로운 단어를 세 번 사용하라, 제가 비행소년이던 시절 〈리더스 다이제스트〉에서 읽은 내용입니다. 그러면 그 단어를 영원히 기억할 수 있다고 하더군요. Z박사님은 메스풀레츠였고 죽을 때까지 그 위치에서 벗어나지 못했습니다. 솔 택스 교수님도 한때는 메스풀레츠였을지 모르지만 제가 그곳에 갔을 때는 확실히 아니었습니다. 「민속사회」라는 장문의 에세이로 자신과 학과의 명성을 드높인 학과장 로버트 레드필드 박사님이 한때 메스풀레츠였을 수 있다는 것은 상상하기 힘들군요. 자, 이렇게 같은 단어를 세 번 사용했습니다.

오래전에 이 학과에 있다가 이제는 죽어 없어진 메스풀레츠를 회상하면서 택스 박사님은 Z박사님이 논쟁적 북미 종교인 페요테 숭배*에 대해 좋은 글을 썼다고 말했습니다.

택스 박사님이 아는 한, Z박사님은 그 이후로 글을 거의 쓰지 않으셨다고 합니다. Z박사님의 자유로운 스타일의 여름 강의를 들은 학생들만이 담당 교수님의 야심이 얼마나 큰지 알았습니다. 우리는 세미나 때마다 교수님께서 인간의 조건에 대해 쓰고 있거나 쓰려고 계획중인 책에 들어갈 아이디어들을 발표하고 시험하신다는 걸 알 수 있었습니다. 그 사실을 택스 박사님께 말씀드리지는 않았지만 말입니다. 저는 저의 돌아가신 지도교수님의 사모님께서 사는 곳을 아시는지 여쭈었습니다. 택스 박사님은 알고 계셨습니다.

사모님은 오래전에 재혼하셨더군요. 저는 사모님께 편지를 쓰면서, 사모님의 전남편이 저에게 얼마나 많은 영감을 주었는지, 그분의 폭넓은 상상력이 소설가로서의 제 경력에 얼마나 많은 도움이 됐는지 말하고 싶었습니다. 그러나 제 편지는 그녀가 묻어두고 싶었던 아주 끔찍한 불행을 상기시킨 게 틀림없었습니다. 사모님은 답장이 없었습니다. 우리는 지금까지 한 번도 만난 적이 없었지만 앞으로도 만날 일이 없게 되었습니다.

만약 우리가 만났더라면 저는 사모님께 혹시 교수님이 당신의 엉뚱한 생각을 종이에 적어두지 않았는지, 어딘가에 그중 일부가 남아 있지 않은지 물었을 겁니다. 아아!

---

* 일부 아메리카 원주민들의 종교로. 선인장의 일종인 페요테를 음복하는 의식이 있다.

장기적으로 보면, 저는 메스풀레츠만큼이나 로버트 레드필드 박사님에게도 빚을 졌습니다. 도스토옙스키는 어린 시절 성스러운 기억 하나가 최고의 교육적 가치를 가진다고 말했죠. 저는 인간성에 관한 그럴듯하면서도 낭만적인 이론이 대학 교육에서 얻어갈 수 있는 최고의 선물이라고 말하고 싶습니다. 제게는 민속사회에 대한 레드필드 박사님의 이론이 그것이었습니다. 그 이론이 오늘날 제가 가지고 있는 정치적 관점의 출발점이 되었으니까요.

저의 정치적 관점은 간단히 말해 이런 것입니다. 기업과 최신식 기계에 필요한 것을 주는 짓을 그만두고, 인간에게 그들이 필요로 하는 것을 돌려주자.

제가 이 연단에 서기 오래전부터, 학계에서는 문화의 진화에 대한 다양한 이론이 주장됐다가 증거 부족으로 폐기됐습니다. 문화를 사회가 반드시 밟고 올라가야 하는 단계로 뻔하게 생각하거나 묘사하면 안 됩니다. 예컨대, 다신주의에서 일신주의로의 변화처럼 말이죠.

그러나 레드필드 박사님께서 한 말을 제가 엉성하게 압축해 인용하자면, 이렇습니다. "저기 있잖습니까, 저는 많은 사회가 도달했거나 이미 지나간 어떤 단계, 다른 단계보다 더 높지도 낮지도 않은 그 어떤 단계를 꽤 자세히 묘사할 수 있습니다." 그 단계는 그 당시나 그 이전에 아주 흔한 것이었기 때문에 한번 생각해볼 만한 가치가 있습니다. 민속사회에 관한 레드필드 박사의 강의는 당시에 인기가 엄청 많아 여러 학과에서 청강생들이 몰려들었습니다. 요즘에도 박사의 이론이 이곳이나 다른 곳에서 논의가 많이 되고 있나요?

레드필드 박사에 따르면 민속사회란 상대적으로 적은 수의 사람들이 친족 관계와 일정 기간 지속된 공통의 역사로 묶여 있고, 경계가 명확하고 방어하기 쉬운 영토를 가지고 있으며, 적당히 고립되어 다른 사회의 문화로부터 크게 영향을 받지 않는 사회를 말합니다. 오늘날 그런 사회는 많지 않죠. 제가 이곳에 처음 왔을 때만 해도 꽤 많이 있었습니다. 그런 곳에서 사는 몇몇 사람들이 고립된 느낌, 비슷한 사고방식, 똑같은 일상에 숨이 막힌다고 말했던 게 기억나는군요.

저는 그 말을 믿습니다. 제가 그런 곳에 가본 적은 없지만 말이죠. 이곳 인류학과를 그런 곳에 포함시키지 않는 한 말이죠.

그러나 저는 이곳 도서관에서 그런 사회에 관한 글을 많이 읽었습니다. 제가 보기에 그런 사회는 세균 배양용 접시 같습니다. 단순하고 고립되어 있는 덕분에 음식, 안식처, 의복, 성관계 외에 인간이 가지고 있음직한 기본적인 욕구의 존재가 입증되는 곳이니까요. 더 좋은 표현이 없는 이상, 일단 그런 욕구를 정신적 욕구라고 부르겠습니다. 눈에 보이지도 않고 냄새도 없으며 들을 수도, 만질 수도, 먹을 수도 없으니까요.

그런 사회의 어떤 공통점들이 이곳 강당에 있는 우리를 포함한 모든 인간의 정신적 욕구를 드러내주는 건 아닐까요? 또한 그런 욕구를 만족시키는 방법을 보여주지는 않을까요? 말하자면, 인간은 자기 본능 때문에 연극적 행동을 하지 않고서는 살 수 없는 것이 아닐까요?

　영국 해군에 대해 생각해봅시다. 과거 그곳의 수병들은 전 세계 바다를 누볐지만 라임을 먹기 전까지 늘 우울해했죠. 물론 비타민 부족이 문제였죠! 그런데 탈공업화 시대, 탈냉전 거시기 시대에 사는 우리도 늘 우울합니다. 필수 미네랄과 비타민을 잘 섭취하고 있는데도요. 치료 가능한 문화적 결핍 때문에 우리가 고통받는 것은 아닐까요? 친구와 이웃 여러분, 저는 그렇다고 생각합니다.

　모든 사람이 태어날 때 토템을 하나씩 줍시다. 교육을 많이 받은 사람조차 자신을 다른 사람, 지구, 우주와 연결해줄 터무니없는 임의의 상징물을 필요로 한다는 근거가 있냐고요? 저는 전갈자리입니다. 여러분 중에 전갈자리인 분은 손을 들어주시겠습니까? 이걸 보세요! 도스토옙스키*가 우리 중에 있습니다!

　그래요, 우리와 다른 사람이 확대가족이 될 수 있는 방법을 다시 한번 찾아봅시다. 다이어트 펩시 한 잔과 오레오 쿠키 세 조

---

* 도스토옙스키의 별자리는 전갈자리였다.

각이 아침식사가 될 수 없는 것처럼 남편과 아내 각각 한 명과 아이 몇 명은 가족이 아닙니다. 스무 명, 서른 명, 마흔 명은 되어야 가족입니다. 요즘 결혼이 다 박살나고 있습니다. 왜 그럴까요? 배우자들도 사람이기에 서로에게 이런 말을 하거든요. "당신 하나로는 충분하지 않아."

맞습니다. 그러니 모든 미국인이 사춘기 의식을 치르도록 합시다. 어른으로서 누리게 될 권리와 의무를 맞이하는 감동적인 행사죠. 현재로서는 신앙 생활을 하는 유대인만이 사춘기 의식을 치릅니다. 나머지 사람들은 임신을 했거나 남을 임신시켰을 때, 혹은 범죄를 저질렀거나 참전했다가 돌아왔을 때에만 자신이 성인이 되었다고 느끼죠.

고향에 다시 오니 참 좋다는 말씀을 드리며 연설을 이만 마치겠습니다.

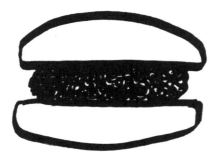

크레이그 아이스크림을 먹는 동안은
기분이 안 좋을 수가 없지!

6
예술가의 일은 무엇인가
1994년 5월 8일
시라큐스 대학(뉴욕 주 시라큐스)

"작가들은 자멸적이진 않지만 파괴적인 이런 신화에
책임이 있습니다. 끔찍하고 엉망진창인
이 행성의 상태에 대해 사과합니다."

저는 오늘 이 짧은 축하의 말과 작별 인사를 통해 세 가지를
말하고자 합니다. 여러분처럼 이제 막 배출된 졸업생이나, 여러
분의 부모님, 보호자, 혹은 저나 여러분의 선생님 모두 충분히
듣지 못한 말들입니다. 그 말들이 제 연설의 본론이 될 것입니
다. 제가 이제 여러분의 기분을 북돋아드리겠습니다.

첫째, 감사합니다. 둘째, 정말 미안합니다. 두번째 말은 제가
말하려는 세 가지 중에서도 특히나 생소한 것입니다. 우리는 어
느 누구도 무엇에 대해서든 절대 사과하지 않는 시대에 살고 있
습니다. 사람들은 〈오프라 윈프리 쇼〉에 출연해 질질 짜면서 마
구 화를 낼 따름입니다. 제가 연설중 어느 시점에 —아마도 연설
이 끝나갈 때쯤— 말하려는 세번째는 이것입니다. 우리는 여러

분을 사랑합니다. 만약 제가 이 위대한 연설의 본론에서 세 가지 중 하나라도 빼먹는다면, 손을 들어주세요. 잘못을 바로잡겠습니다.

이제 연설을 시작한 지 얼마 안 되었지만 다른 이유로 여러분께 손을 들어달라고 부탁드리려 합니다. 먼저 여러분이 교육에서 얻을 수 있는 가장 가치 있는 것은 이것이라고 선언하겠습니다. 바로 한 사람에 대한 기억입니다. 누군가를 진정으로 가르칠 줄 알고, 그 가르침이 여러분과 여러분의 삶을 훨씬 더 흥미롭게 하고 미리 정해진 가능성을 뛰어넘어 온갖 가능성으로 가득차도록 만들어준, 바로 그 한 분에 대한 기억 말입니다. 연단에 계신 분들을 포함해 여기 계신 모든 분들에게 묻습니다. 그런 선생님을 만난 분이 계십니까? 유치원도 포함됩니다. 손을 들어주세요. 서둘러주세요. 그 위대한 선생님의 이름을 기억하고 싶으실 겁니다.

여러분이 교육을 받으셨다니 감사한 일입니다. 자, 제가 지금 여러분에게 감사하다고 말했습니다. 여러분이 교육받으신 덕분에 저는 멍청이들에게 연설을 하지 않아도 되니까요. 이제 막 세상에 나온 졸업생 여러분에게, 이 졸업식은 오랫동안 미뤄온 사춘기 의식입니다. 여러분보다 나이를 더 먹은 게 주요 업적인 우리도 이제 여러분이 성인이 되었다고 인정할 수밖에 없습니다, 바로 이 순간에도 여러분이 몇몇 유명한 재앙—대공황, 제2차세계대전, 베트남전쟁 등등—을 겪지 않았기 때문에 진정한 성인이 아니라고 말할 바보 같은 늙은이가 있을 겁니다. 작가들은 자멸적이진 않지만 파괴적인 이런 신화에 책임이 있습니다. 이야기들을 보면 주인공이 끔찍한 경험을 한 후 마지막에 이렇게 말하곤 합니다. "나는 드디어 여자가 됐어. 나는 드디어 남자가 됐어. 끝."

미안합니다. 제가 미안하다고 말할 거라 했죠. 지금 했습니다. 끔찍하고 엉망진창인 이 행성의 상태에 대해 사과합니다. 그러나 여긴 언제나 엉망이었죠. '좋았던 옛날'은 존재한 적이 없습니다. 그냥 날들만 있었습니다. 그래서 저는 제 손자들에게 이렇게 말합니다. "나한테 뭐라고 하지 마. 나도 여기 방금 도착했으니까."

제가 무슨 말을 할지 아시겠나요? 여기에 계신 모든 분을 A세대로 선언하겠습니다. 우리에겐 내일이 있습니다.

그러나 저는 우리를 단 몇 시간만이라도 우리가 지금껏 한 번도 가지지 못했지만 너무나 절실하게 필요로 했던 것으로 만들었습니다. 한 명이 모두를 위하고, 모두가 한 명을 위하는 확대가족으로요. 남편 한 명, 부인 한 명, 아이 몇 명으로 구성된 가족은 가족이 아닙니다. 그건 끔찍하게 연약한 생존단위일 뿐이죠. 여러분 중 이미 결혼했거나 결혼할 분들은 앞으로 부부싸움을 할 때 실제로 배우자에게 이런 말을 하고 있을 겁니다. "당신으로는 부족해. 당신은 한 사람에 불과해. 나는 내 주변에 수백 명이 있었으면 좋겠어."

자, 이제 우리는 확대가족이 되었습니다. 이 가족에게 고유의 깃발이 있을까요? 당연히 있죠. 커다란 오렌지색 사각형이 깃발입니다. 오렌지는 좋은 색이며, 어쩌면 최고의 색일지도 모릅니다. 오렌지는 비타민C가 풍부합니다. 아일랜드에서 있었던 문제*만 무시한다면 오렌지색을 보면 기분이 좋아집니다.

이제 이 모임은 하나의 작품이 됐습니다. 좋은 선생님을 기억해보자고 했을 때 제가 떠올린 선생님은 언젠가 제게 이렇게 물으셨습니다. "예술가가 하는 일이 뭘까?" 제가 뭐라고 웅얼거리자 선생님은 이렇게 말씀하셨습니다. "두 가지가 있단다. 첫째, 예술가는 자신이 온 세상을 바로잡을 수 없다는 걸 인정한단다. 그리고 둘째, 예술가는 최소한 이 세상의 작은 부분이라도 바람직한 모습으로 만든단다. 찰흙 한 덩어리, 캔버스 하나, 종이 한 장 등 뭐가 되든 말이지." 우리 모두 이 순간과 이 장소를 바람직한 상태로 만들기 위해 아주 열심히 그리고 아주 잘 해왔습니다.

제가 이미 말씀드렸듯이, 제게는 댄이라는 삼촌이 있었습니다. 전장에 나가야 진정한 남자가 될 수 있다고 말했던 나쁜 삼촌이었죠. 그러나 알렉스라는 좋은 삼촌도 있었습니다. 알렉스

* 1795년 아일랜드에서 창립된 보수 개신교도들의 준군사 조직 오렌지단이 민족 운동의 일환이라는 명분 아래 가톨릭을 공격한 사건을 일컫는 것으로 보인다.

삼촌은 삶이 너무 즐거울 때─그늘에서 레모네이드 한 잔을 마시는 것일 수도 있었죠─이렇게 말하곤 했습니다. "그래, 이 맛에 사는 거지!" 그래서 바로 지금, 우리가 지금껏 성취한 것에 대해 그 표현을 쓰려고 합니다. 만약 그 표현을 자주─한 달에 대여섯 번 정도─사용하지 않으면, 때때로 삶이 얼마나 보람찬지 느낄 여유를 가질 수 없을 겁니다. 나중에 여러분이 잠시 멈춰 서서 "그래, 이 맛에 사는 거지!" 하고 말한다면, 우리 훌륭한 알렉스 삼촌은 졸업반 여러분 몇몇의 마음속에 계속 살아 계시겠죠.

자, 이제, 시간이 다 되었군요. 그런데 제가 산후안 언덕으로 기병을 돌격*시킨 테디 루스벨트** 이야기나 사막의 폭풍 작전*** 같은 과거의 영웅담으로 여러분을 격려해주지 못했군요. 하루를 후딱 지나가게 해줄 컴퓨터 프로그램이나 쌍방향 텔레비전, 정보 통신망처럼 위대한 미래의 전망을 제시해주지도 못했고요. 이 순간과 장소를 축하하는 데 너무 오랜 시간을 써버렸습니다. 아주 오래전 우리가 한번쯤 꿈꿔보았던 미래인 바로 이 순간을 말입니다. 중요한 건 이겁니다. 우리는 이제 막 이곳에 도착했습

---

* 1898년 스페인-미국 전쟁 당시 미군이 쿠바의 산후안 언덕을 점령했다.
** 시어도어 루스벨트(1858~1919). 미국의 제26대 대통령으로 '테디 루스벨트'는 그의 별칭이었다.
*** 1991년 걸프전에서 미국이 이라크 바그다드에 펼친 공습 작전명.

니다. 젠장, 우리가 어떻게 이런 걸 이룰 수 있었을까요?

　저는 잡역부였던 이웃을 고용해 집에 L자형 곁채를 설치하는 일을 맡겼습니다. 그곳에서 글을 쓰려고요. 그런데 그는 그 망할 일을 전부 혼자 했습니다. 그는 토대를 놓고, 측벽과 지붕을 지었습니다. 그 모든 걸 혼자 다 해냈습니다. 그리고 일을 마쳤을 때, 돌아서서 이렇게 말했습니다. "어떻게 내가 이걸 다 할 수 있었담?" 우리는 어떻게 이걸 다 할 수 있었을까요? 우리는 해냈습니다! 이 맛에 사는 거죠, 그렇죠?

　제가 말하기로 약속한 것 중에서 아직 하지 못한 것이 하나 있군요. "우린 여러분을 사랑합니다. 진심으로."

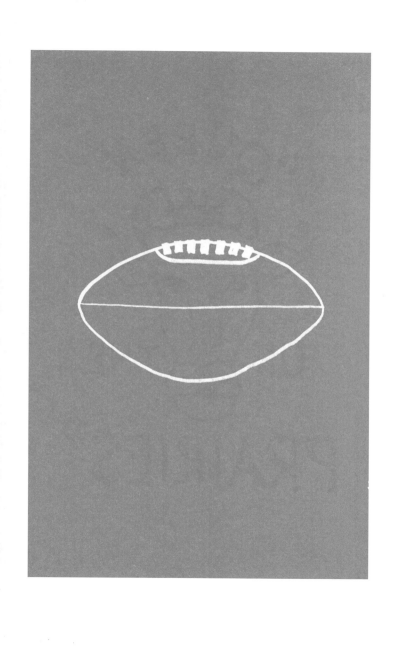

대초원의 여왕

7
여러분의 뿌리를 잊지 마세요
1996년 5월 11일
버틀러 대학(인디애나 주 인디애나폴리스)

"이 세상에는 청소할 것들이 많습니다.
그리고 다시 한번 말하지만,
행복한 순간도 많을 겁니다."

안녕하세요. 졸업을 축하드립니다.

그리고 감사합니다. 여러분이 아주 힘들게 교육을 받은 덕분에 이 나라는 더 강하고 더 훌륭한 곳이 되었습니다.

얼마나 많은 고생을 했는지 신은 아십니다. 신은 아세요.

제가 만약 삶을 다시 시작할 수 있다면, 이번에도 인디애나 주 인디애나폴리스의 46번가와 노스일리노이에서 성장하고 싶습니다. 저는 다시 이 도시의 병원들 중 한곳에서 태어날 것이고, 이곳 공립학교의 산물이 될 것입니다.

그리고 버틀러 대학에 입학해서 여름 학기에 세균학과 정량 분석 수업을 또 들을 것입니다.

저에겐 이곳에 모든 게 있었습니다. 여러분에게도 그랬을 겁니다. 문명이 줄 수 있는 최고와 최악이 전부 있었죠. 바로 이 곳에서 여러분은 음악, 금융, 정부, 건축, 회화와 조각, 역사, 의학, 운동, 그리고 책, 책, 온갖 책들, 그리고 과학을 만날 수 있습니다.

본받고 싶은 사람과 선생님도 만날 수 있죠.

믿을 수 없을 정도로 똑똑한 사람과 믿을 수 없을 정도로 멍청한 사람도 만날 수 있습니다.

믿을 수 없을 정도로 착한 사람과 믿을 수 없을 정도로 나쁜 사람도 만날 수 있습니다.

제가 성장할 때 전 세계에서 가장 웃긴 사람은 런던에도 파리에도 뉴욕에도 없었습니다. 바로 이곳 인디애나폴리스에 있었습니다. 그분의 이름은 킨 허버드였고, 〈인디애나폴리스 뉴스〉에 '에이브 마틴'이라는 필명으로 매일 멋진 유머 글을 기고했습니다.

킨 허버드는 자기가 진정으로 진가를 발휘할 수 있는 일을 기꺼이 하려는 사람을 알지 못한다고 말했습니다.

허버드는 데이비드 레터먼*보다 더 웃기고 현명한 사람이었습니다.

제가 다닌 고등학교에는 데이비드 레터먼만큼 웃긴 사람이

---

* 미국 코미디언(1947~)으로, CBS사에서 이십이 년 동안 심야 토크쇼 〈레이트 쇼 위드 데이비드 레터먼〉을 진행했다.

최소한 서른 명은 있었습니다.

이곳 공기에는 뭔가 특별한 게 있습니다.

저와 같은 고등학교를 다닌 여성인 매들린 퓨는 〈아이 러브 루시〉*의 수석 작가가 되었죠.

레터먼 씨도 이곳에서 자랐습니다. 연예계 인사들―이제 저명한 정치인과 이른바 언론인으로 불리는 사람들도 여기 포함되죠―이 흔히 '비행기를 타야 겨우 보이는 지역**'이라 부르는 이곳에서요.

우리는 워싱턴 DC, 뉴욕, 로스앤젤레스를 비추는 텔레비전 카메라 사이 어딘가에 위치해 있습니다.

저와 함께 저들의 비행기 밑면을 향해 소리쳐주세요. "꺼져."

미국 역사상 가장 위대한 대통령인 에이브러햄 링컨은 켄터키, 인디애나, 일리노이 주 출신입니다.

20세기 가장 위대한 시인과 가장 위대한 희곡 작가임이 분명한 T. S. 엘리엇과 테네시 윌리엄스는 세인트루이스 출신입니다.

이 나라 노동계급의 가장 친한 벗임이 틀림없는 유진 데브스는 테러호트*** 출신입니다.

---

* 1951~57년에 방영된 미국의 인기 시트콤.

** flyover country. 미국 동부나 서부에 사는 사람들이 중부지역을 비하하는 뜻으로 쓰는 표현.

*** 켄터키, 인디애나, 일리노이, 세인트루이스, 테러호트 모두 미국 중부에 위치한 지역이다.

데브스는 이렇게 말했습니다. "하층 계급이라는 것이 존재하는 한 저는 거기 속합니다. 범죄자라는 것이 존재하는 한 저는 거기 속합니다. 단 한 명이라도 감옥에 영혼이 존재하는 한 저는 자유롭지 않습니다."

미국인이 그런 말을 하는 게 존경을 받던 시절이 있었습니다.

여기 교육 받으신 분들 중 그뒤로 뭐가 잘못됐는지 말씀해주실 분 계신가요?

제 말은 이곳이 아주 비옥한 장소란 것입니다.

옥수수와 돼지를 키우기 좋다는 의미가 아닙니다.

위인과 지식인을 키우기 좋다는 겁니다.

오늘 제가 찬양할 분들이 중서부 출신의 세계적인 유명인은 아니지만 말입니다.

여러분 그거 아십니까? 세상에서 가장 교양 있는 사람이자 이 행성을 빛낸 인물, 또한 뉴욕, 런던, 파리에서 찬사를 받은 작사가이자 작곡가 콜 포터가 공교롭게도 인디애나 주 페에루* 출신이라는 사실을요.

페에루 출신이라고요, 세상에나.

정말 놀랍지 않습니까? 브라질이나 코코모**와는 또 얼마나 가

---

* 인디애나 주 페루를 가리킨다. 보니것은 지금 '페루'의 발음을 길게 늘여 '페에루(pee-ru)'로 발음하고 있다.
** 브라질과 코코모 모두 인디애나 주에 속한 도시들이다.

까운 곳인가요?

제가 오늘날 무진장 존경하는 분들은 이런 도시, 이런 대학, 저런 심포니 홀, 저쪽 어딘가 있는 것과 같은 미술관, 곳곳에 있는 도서관을 지은 분들입니다. 교회와 병원을, 공장과 상점을 지은 분들입니다. 유토피아를 지은 분들이죠.

저는 비행기에 타고 있는 텔레비전 유명 인사들에게 다시 이렇게 말하겠습니다.

어이, 말도 안 되게 많은 돈을 버는 이 바보상자 속의 멍청이들아.

'바로 여기'가 진짜 삶이 펼쳐지는 곳이야.

'바로 여기'가 진짜 노동이 행해지는 곳이야.

비행기도 오하이오 주에서 발명됐죠.

알코올중독자협회와 백미러도 마찬가지입니다.

맞습니다, 그리고 전 세계를 무대로 활동하는 훌륭한 무용수들도 버틀러 대학 출신이며 앞으로도 그럴 것입니다. 혹시 그중에 이 자리에 오신 분 계신가요?

여러분 가운데 몇몇은 고향에 머물지 않을 것입니다. 그러나 여러분이 어디 출신인지 잊지 마세요. 저는 잊은 적이 없습니다.

행복한 순간을 느끼세요, 또 만족할 때를 아세요.

돈을 써서 문제를 해결하려는 것에 관해 말하자면, 그게 돈의 목적이겠죠.

노스펜실베이니아 주 5033에 사는 보험 판매원이셨던 제 삼촌 알렉스 보니것은 저에게 아주 중요한 것을 알려주셨습니다. 삼촌은 모든 일이 잘 풀리고 있을 때 우리가 그걸 자각해야 한다고 말씀하셨습니다. 위대한 승리가 아닌 아주 소박한 경우를 말씀하신 겁니다. 나무 그늘 아래에서 레모네이드를 마신다든가, 빵냄새를 맡는다든가, 혹은 낚시를 하거나, 키스를 한 후에 어두운 야외에 서서 음악당에서 흘러나오는 음악 소리를 듣는다든가 하는 경우 말입니다. 삼촌은 그런 때 이렇게 큰 소리로 외치는 게 중요하다고 말씀하셨습니다. "그래, 이 맛에 사는 거지!"

알렉스 삼촌은 제임스 휘트콤 라일리*, 제 누이, 부모님, 조부모님, 증조부모님과 존 딜린저** 등과 함께 크라운힐에 묻혀 계십니다. 삼촌께서는 행복한 순간을 알아차리지 못하는 것이 엄청난 낭비라고 생각하셨습니다.

저도 그렇게 생각합니다.

사람들은 여러분을 'X세대'라고 부릅니다.

하지만 여러분은 아담과 이브처럼 A세대에 속합니다.

창세기를 보니 신께서 아담과 이브에게 행성 전체를 주지는 않으셨더군요.

---

* 미국의 저명한 시인이자 작가(1849~1916). 인디애나 주 출신.
** 미국의 전설적인 은행 강도(1903~34). 인디애나 주 출신.

신은 그들이 관리할 수 있는 크기의 대지를 주셨습니다. 얘기하기 쉽게 200에이커였다고 칩시다.

저는 아담과 이브 여러분이 이 행성의 작은 부분들을 맡아 안전하고 건전하고 잘 정돈된 곳으로 만드는 걸 목표로 삼았으면 합니다.

이 세상에는 청소할 것들이 많습니다.

정신적인 것, 물질적인 것 모두 재건할 게 많습니다.

그리고 다시 한번 말하지만, 행복한 순간도 많을 겁니다. 그 순간을 자각하는 걸 잊지 마세요!

8
우리에겐 정의가 필요해
1972년 5월 20일
뉴욕 주립 대학 올버니 캠퍼스(뉴욕 주 올버니)

"미국은 예술이 풍부한 나라입니다.
부족한 것은 사회정의입니다. 소름끼치게 부족하죠."

저를 이 자리에 초대해주셔서 감사합니다.

학교에서 제게 이런 공지사항을 전달해달라고 부탁하더군요. 여기 계신 분들 중 부정행위로 학위를 따신 분들은 지금 당장 자백하고 조용히 이곳을 떠나주십시오. 지금 자백하지 않으면, 평생 동안 귀신한테 시달릴 것입니다. 또한 산타클로스 할아버지도 크게 화를 내실 겁니다.

저는 대학 졸업장이 없습니다. 그러나 저는 고등학교에서 한 일만으로도 신물이 납니다. 저 또한 자백을 제안받았습니다. 제가 했을까요? 안 했습니다. 그래서 저는 늘 불안합니다.

제가 불안해하는 이유가 하나 더 있습니다. 저는 명왕성에서 비행접시를 타고 온 외계인들이 우리 별을 침략했다고 거의 확신합니다. 제 연설을 통해 엄청난 뉴스거리가 밝혀지겠군요. 제가 명왕성인들의 침략과 그에 맞서 우리 지구인들이 해야 할 일에 대해 말씀드리겠습니다. 하지만 이 얘기는 잠시만 뒤로 미루죠.

저희 형이 여기서 일합니다. 그전에는 블루머* 공장에서 일했습니다. 괜찮은 일자리였죠. 일 년에 2500달러를 벌었거든요.

이건 사실이 아닙니다. 저는 이 농담을 너무 좋아합니다. 형은 사실 과학자이고 아니었던 적이 없습니다. 그리고 제가 아는 한 지구인이기도 합니다.

형은 이곳의 대기과학과에서 일합니다. 그렇다고 피켓을 들거나 그를 폭파시키면 안 됩니다. 버나드 보니것 박사는 전쟁과 관련된 일을 하지 않습니다. 천둥과 번개를 평화적으로 이용할 방법을 연구하죠. 저는 연설을 하는 조건으로 형의 종신 재직권을 확보했습니다.

버나드 형과 저는 제너럴일렉트릭 사에서 일한 적이 있습니다. 저는 몇몇 거대 기업에서 일한 경험이 있습니다. 제가 다 알면서도 스탠더드오일을 위해 일한 것은 이번이 처음입니다.**

---

* 여성용 속바지.

** 이 연설을 하기 일 년 전에 스탠더드오일은 샌프란시스코에서 미국 역사상 최

❖

저는 모범적인 사람입니다. 모범적이지 않다면 이 자리에 초대받지 못했겠죠. 제 이름이 명사 인명록에 있습니다. 저의 가격은 1968년형 중고 폭스바겐—카세트덱은 고장났지만 타이어는 괜찮은—과 비슷합니다.

저는 오늘 디오게네스*가 발견하기 매우 힘들어한 것을 여러분에게 보여드리려 합니다. 정직한 사람 말이죠. 저는 올버니를 방문한 사람들 중 두번째로 정직한 사람일 겁니다. 형이 가장 정직한 사람입니다. 형은 넉 달 전에 델마**에서 이사했습니다. 형은 여러분에게 과학에 관한 진실을 이야기해줄 수 있습니다. 우리 모두를 죽이는 그 과학에 관해 말이죠. 저는 여러분에게 예술에 관한 진실을 말하려 합니다. 우리를 미치게 하는 그 예술 말입니다.

여러분은 훌륭한 고등교육기관들이 예술은 모든 사람에게 좋다고, 혹은 최소한 나쁜 영향은 없다고 말하는 것을 들어봤을 겁

악으로 꼽히는 석유 누출 사고를 일으켜 평판이 안 좋았다. 뉴욕 주립 대학은 스탠더드오일의 창립자 존 록펠러의 아들이자 당시 뉴욕 주지사였던 넬슨 록펠러가 설립한 곳이다.
* 고대 그리스의 철학자. 대낮에 등불을 들고 정직한 사람을 찾아다닌 일화로 유명하다.
** 캘리포니아 주 남부의 소도시.

니다. 이것은 사실이 아닙니다. 이 나라를 비롯해 다른 많은 현대국가들에서는 예술이 무지하고 힘없고 가난한 사람들에게 혼란스러운 생각을 심어주는 데 사용되고 있습니다.

지금 제가 말하는 예술은 값비싼 예술입니다. 억압받는 사람들이 자기가 즐기려고 택하거나 창작하는 짧은 멜로디, 시, 사진, 이야기들이 아니고요. 독재자와 출세주의자와 백만장자들이 지원하는 예술 말이죠.

저는 철의 장막* 양쪽에서 권력자들이 예술을 찬양하는 소리를 들었습니다. 그들의 박물관과 콘서트홀도 가보았습니다. 그리고 보통 사람들이 수십만 달러, 혹은 수십만 루블이나 하는 미술 명품들을 이해하려고 노력하는 광경을 보았습니다. 그들은 늘 곤경에 빠진 사람들처럼, 양측 폐렴에 걸린 사람들처럼 보였습니다. 또한 그들에게선 까무러질 정도로 냉담함이 보였습니다.

이것은 의도된 결과입니다.

박물관, 콘서트홀, 극장, 공공 조각상의 목적은 보통 사람들에게 그들이 권력을 쥐거나 큰돈을 벌 자격이 없다고 설득하는 것입니다. 그들의 두뇌와 정신이 열등하다는 생각을 계속해서 심어주는 거죠.

* 냉전 시대 소련과 사회주의 국가들의 폐쇄성을 풍자적으로 이르던 말. 영국 수상 처칠의 연설을 통해 널리 알려졌다.

그들이 위대한 작품을 이해하지 못하는 것이 열등함의 증거가 되는 셈이라고.

부자와 권력자들은 보통 사람들보다 예술작품을 더 지겨워합니다. 이탈리아를 제외한 나라들의 오페라 공연장을 한번 가보세요. 제 말이 맞다는 걸 확인하실 수 있을 겁니다.

그러나 부자와 권력자들은 자기들의 타고난 우월함을 과시해야 하기 때문에 작품을 이해하는 척합니다. 우월함을 보일 다른 방법이 거의 없기 때문이죠. 그래서 저는 그들을 동정합니다. 저는 동정심이 많은 사람입니다. 해마다 매일매일 렘브란트의 〈호머의 흉상을 보는 아리스토텔레스〉를 좋아하는 척하는 게 과연 즐거울까요? 독일 오페라, 혹은 읽지도 않은 『전쟁과 평화』를 좋아하는 척하는 게 과연 즐거울까요? 여러분이 러시아 사람이어도?

매일매일 피사의 사탑이나 올버니 쇼핑몰에 감탄하는 척하는 게 과연 즐거울까요?

여러분 가운데 대다수는 현대예술사에 상당히 정통하실 테니 '올버니 쇼핑몰'이 무엇을 뜻하는지 잘 아실 거라 생각합니다.

그러나 올버니 뉴욕 주립대에서는 건축이 순수예술 중 하나로 여겨지지 않을 수도 있겠죠.

그것도 이해가 갑니다. 저희 형의 실험실에는 창문 대신 포대가 설치되어 있습니다. 형이 분젠 버너*를 작동시키면, 펩시콜라가 나오기도 하죠.

그럼에도 저는 순수예술을 좋아합니다. 그러나 저는 순수예술 작품들이 인간의 다른 유희보다 우월하다고 생각하지 않습니다. 그리고 저는 순수예술을 좋아한다고 주장하는 사람들이 다른 사람보다 반드시 더 순수하다는 주장에 격렬히 반대합니다. 네로 황제는 예술을 지원했습니다. 헤르만 괴링도 그랬죠. 남북전쟁 이후 그나마 남은 아메리칸드림의 내장마저 탐욕스럽게 파먹어버린 미국의 악덕 자본가들도 그랬습니다.

어떤 작품이 인간이 만든 다른 것에 비해 신이나 진리 등에 더 가까울 가능성이 아주 조금은 있겠지요. 하지만 저는 실용주의자이기 때문에 그런 건 잘 모릅니다. 신이나 진리에 관해서는 아는 게 없습니다.

그러나 이건 좀 압니다. 아메리칸드림 말이죠. 제 선조들이 오

---

* 1855년 독일의 로베르트 분젠이 발명한 가스버너. 화학 실험용으로 많이 쓰인다.

래전에 독일에서 인디애나 주로 이주한 것이 바로 아메리칸드림 때문이었으니까요. 어떤 사람들이 했던 일, 그 어떤 책이나 조각상, 건축물, 노래보다도 더 아메리칸드림에 가까웠던 그 일에 이름을 붙여주겠습니다. 바로 사회정의적 실천입니다.

예술작품은 많습니다. 중요한 작품도 많죠. 제 추측으로는, 미국인 스무 명 가운데 한 명 꼴로 예술을 사랑하는 것 같습니다. 즐겁고, 자연스럽고, 진실되게요. 저도 그중 한 명이며, 그 때문에 인디애나폴리스를 떠나야 했습니다.

예술을 이해하는 그 극소수의 사람들은 일이 잘 풀렸고, 좋은 책과 그림과 음악이 얼마나 많은지 알고서 깜짝 놀라곤 했습니다. 미국은 예술이 풍부한 나라입니다.

부족한 것은 사회정의입니다. 소름끼치게 부족하죠.

예술이 사회정의에서 다른 것으로 사람들의 관심을 분산시키는 역할을 할 수 있을까요? 네, 할 수 있습니다. 이 나라의 제3대 대통령이자 독립선언문을 쓴 토머스 제퍼슨의 경우를 봅시다. 그는 7월 4일에 죽었습니다. 제퍼슨은 자유와 공정과 모든 인간의 천부인권에 관해 누구보다 더 감동적으로 글을 쓸 수 있는 사람이었죠.

또한 그는 건축을 좋아했고 잘 설계된 집안에서 일어나는 즐거운 일들을 좋아했습니다. 싸고 유순한 노동력이 있을 때 벌어지는 일들 말이죠. 그래서 그는 노인이 될 때까지 노예들을 풀어주지 않았습니다. 결국 노예들을 풀어주긴 했지만, 자신이 노인이 된 후였습니다.

토머스 제퍼슨을 용서합시다. 그는 좋은 걸 사랑하는 약점이 있었습니다. 우리도 그렇죠. 노예 몇 명이 뭐 대수인가요?

❖

친애하는 여러분, 저는 예술이 종종 계급 전쟁에서 교활한 역할을 한다고 이야기한 적이 있습니다.

여러분은 이렇게 중얼거렸을지도 모릅니다.

"음, 그거 참 흥미로운 주장이군. 하지만 중요하지 않아. 오늘날 이 나라의 왕은 예술에 관심 있는 척도 하지 않으니까. 그의 친구들인 베베 리보사, 존 미첼, 빌리 그레이엄*도 마찬가지야."

일리가 있는 말입니다. 우리 사회에서 최상층에 올라선 사람들이 갈수록 예술뿐만 아니라 농담이나 기분좋은 섹스 같은 온갖 인간적인 유희에 관심을 두지 않고 있습니다. 저도 그걸 알고

---

* 모두 당대 대통령인 리처드 닉슨의 지인으로 알려진 인물들.

있습니다. 그래서 저는 명왕성에서 비행접시를 타고 온 외계인 들이 이 행성을 침략했다는 결론을 내렸습니다.

명왕성은 의심이 많고 자부심이 높으며 비밀스럽고 호전적 인 행성으로, 그곳 외계인들의 기술 수준은 우리보다 월등히 높 습니다. 제 추측으로는 명왕성인들은 제2차세계대전 종전 직후 우리 행성에 도착하여 번식을 하고 미국 정부에 일자리를 얻기 시작한 것 같습니다. 지난 세 명의 대통령들이 명왕성인이었을 지도 모르죠. 그러나 대다수의 명왕성인들은 펜타곤에서 일합 니다.

그들이 그렇게까지 유머감각이 부족하고 무자비하지 않았더 라면, 그들이 국가적 명예에 관해 그토록 떠들지 않았더라면, 또 그토록 전쟁을 사랑하지 않았더라면 우리가 그들을 환영했을지 도 모릅니다.

또한 외계인들은 이 행성 역사에서 가장 찬란한 예술작품인 미국 헌법을 존중할 생각이 없습니다. 따라서 엄청나게 늦어버 린 사춘기 의식을 치르는 자리인 오늘 이곳에서 스스로에게 질 문을 던져봅시다. "지구인들은 무엇을 할 것인가?"

지구인의 군사력으로는 명왕성인들을 무찌를 수 없습니다. 명왕성인들에게는 온갖 무기가 다 있습니다. 명왕성인들은 태생 부터 무기 소지자입니다. 월리스 주지사*를 총으로 쏜 것도 명왕 성인이었습니다.

우리가 그들을 정치적으로 물리칠 수도 있습니다. 그러나 명왕성인들은 이미 권력정치에도 몸담고 있습니다. 중학교 이후로 모든 것은 권력정치죠. 지구인은 무엇을 할 수 있을까요? 솔직히 말씀드리겠습니다. 아무리 생사가 걸린 문제라 해도 농담을 좋아하고 섹스라면 환장하는 지구인들이 무언가에 한 시간 이상 집중하기란 거의 불가능합니다.

제가 보기에 최고의 희망은 우리가 자랑스러운 지구인으로서 함께 뭉치는 것입니다. 다른 모든 침략자들과 마찬가지로, 명왕성인들은 원주민들이 자신들의 사상과 소망을 부끄러워하기를 바랍니다. '지구인은 아름답다'를 좌우명으로 삼아야 할지도 모르겠습니다.

아니면 좀더 소박한 좌우명을 내세울 수도 있습니다. '미국인들은 아름답다.' 이것을 나중에 전 지구로 확대하기로 하죠. 물론 지금 미국인들은 아름답지 않습니다. 명왕성인들이 사이에 섞여 있기 때문입니다. 그러나 이 상황을 변화시킬 가능성도 있습니다.

여러분에게 위대한 모험을 하나 제시하겠습니다. 훌륭한 졸

• 흑백 분리 정책을 지지한 앨라배마 주지사로, 이 연설이 있기 몇 달 전에 암살될 뻔했다.

업식 연설자라면 누구나 하는 일이죠. 제가 고등학교를 졸업할 때, 연설자는 졸업생들에게 과학에서 경험할 수 있는 위대한 모험에 관해 이야기해주었습니다. 특히 플라스틱과 편광*에 대해 이야기했죠. 그러나 저는 보병 신세로 전락하고 말았습니다. 거의 모든 졸업생들이 그랬죠.

저는 편광이나 보병, 플라스틱, 예술, 우주탐사, 암 정복, 혹은 무좀 정복보다 더 좋은 모험을 제안하려 합니다. 여러분은 이 행성이 아직 가지지 못한 것을 창조하는 데 삶을 바쳐야 합니다. 그게 없으면 우리 행성은 죽어버릴 것입니다.

여러분은 미국인을 탄생시켜야 합니다. 그런 인간은 존재한 적이 없었습니다. 여러분이 지금 그것을 만들어야 합니다. 우리가 반드시 탄생시켜야 합니다. 이건 죽고 사는 문제이니까요.

여기서 말하는 명왕성인과 지구인이란 당연히 제가 아는 모든 미국인 중 살인을 저지르는 절반과 치유하는 절반을 각각 비유적으로 가리킨 것입니다. 제가 외국인들을 선악으로 구분하지 않은 것은 외국인에 관해 아는 것이 쥐꼬리만큼도 없기 때문입니다. 저는 집에서 멀리 떠나본 적도 거의 없습니다. 나중에 세

---

* 자기장 또는 전기장의 진동이 항상 일정한 방향으로만 나타나는 빛.

계 여행을 한번 해보죠.

집 근처에만 머물면서 제가 깨달은 바는 독립선언문이 작성된 지 이백여 년이 지났음에도 이 나라 위정자들은 미국인의 탄생을 바라지 않는다는 것입니다. 저들은 우리가 서로를 증오하고, 서로에게 접촉하려 하지 않은 덕분에 표를 얻고 부자가 되었으니까요.

부끄러운 이야기를 하나 해드리겠습니다. 가까운 친척들을 포함해 다른 사람들에게도 접촉하지 않으려 했던 저의 순도 100퍼센트 미국식 처신에 대한 이야기입니다. 저는 열네 살짜리 소년을 입양했습니다. 저의 조카였죠. 그 아이가 스물한 살이 됐을 때, 저는 그가 성인 남성이 된 걸 축하했습니다. 그러자 그가 제게 물었습니다. "저를 한 번도 안아주지 않은 거 아세요?"

이 얼마나 황당한 말입니까!

❖

저는 그 아이가 저를 동성애자로 생각하는 걸 바라지 않았습니다.

❖

제가 받았던 미국 교육의 중심에는 풋볼 코치가 조금이라도 동성애로 해석될 여지가 있는 행동을 하는 것에 대한 두려움이

자리잡고 있습니다. 가장 안전한 건 아무도 만지지 않는 것입니다. 심지어 엄마도요. 아니, 특히 엄마를 만지지 않는 것입니다.

또한 저는 미국 남성은 울지 않는다고 배웠습니다. 국기가 지나갈 때만 빼고요. 그래서 저는 아들이 한 번도 안아주지 않았다고 제게 말했을 때조차 울지 않았습니다. 또한 말을 조심하라고도 배웠습니다. 어떤 말들은, 여기처럼 사람이 모인 곳에서 하지 말아야 한다고 배웠습니다. 만약 그 말을 한다면 창피하고 불편해질 거라고요. 주로 섹스와 배설과 연관된 말들이죠. 병균에 대한 미국식 공포도 배웠습니다. 그 공포는 루이 파스퇴르도 꿈꾸지 못한 광기 어린 최악의 악몽이었습니다. 그러나 병균에 대한 두려움은 이방인에 대한 두려움이 되었습니다. 제 부모님과 양호 선생님은 실제로 이렇게 말씀하셨습니다. "이방인이나 이방인이 만진 물건을 조심하거라. 그러지 않으면 너는 매독이나 나병, 페스트에 걸릴 거야."

저와 모든 사람들이 배웠던 모든 금기들을 되돌아보면, 그것들은 엄청난 사기의 일부였습니다. 그 금기들의 목적은 미국인들이 서로를 두려워해 서로 가까이 다가서지 못하도록, 즉 조직화하지 못하도록 하는 것이었습니다.

미국식 경제 제도와 이 제도의 기괴한 부의 분배 방식을 토론하는 것도 금기였습니다. 저는 그것을 어머니 무릎에서 배웠습니다. 우리 어머니, 하늘나라에서도 평안하시길. 어머니 무릎도요. 어머니는 이웃의 백만장자에 관해 불손한 말을 절대 하지 말라고 가르치셨습니다. 심지어 그 백만장자가 어떻게 그토록 많은 부를 손아귀에 넣었는지에 관한 질문을 입밖에 내는 것조차 못하게 하셨습니다.

우리는 서로를 좀더 솔직하고 숨김없이, 재치 있게 대하는 방법을 배워야 합니다. 그러나 그보다 더 중요한 것은, 서로에게 접촉하는 법을 배우는 겁니다. 만약 우리가 강인하고 품위 있는 사람들이 되려면, 우리는 반드시 친척이 되어야 합니다. 괴짜 친척이지만 그래도 친척이긴 마찬가지입니다. 피는 물보다 진합니다. 이런 건 우리가 마피아에게서 배워야 할 점입니다. 공교롭게도, 이제 이 나라의 백인들도 이른바 흑인들과 자신들이 실제로 혈족이라는 사실을 인정할 때가 왔습니다. 그래야 할 이유가 분명하니까요.

그러나 지금은 가계도를 보며 감탄하고 희희낙락할 때가 아닙니다. 인간이라는 가족의 구성원이 되었음을 기뻐해야 할 때입니다.

혹시 주변에 있는 낯선 사람을 손으로 만질 만큼 용감한 분이 계신가요? 그 사람이 노인이어도요? 구급차가 밖에 대기중입니다. 여러분이 산소를 필요로 하거나 소독제로 손을 씻고 싶을 때를 대비해 하얀 천막 안에 응급실을 만들어놓았습니다.

만약 베트남전쟁의 비극 속에서 미국적 인간이 태어난다면, 그건 아마 인간다우면서도 감동적인 모험이 될 것입니다.

저는 이런 모험을 제안한 것에 대해 사과하지 않을 것입니다.

❖

우리는 한 가족이 되어야 합니다. 가족처럼 서로를 보살펴야 합니다. 자, 노예소유주가 쓴 독립선언문에 서명한 지 이제 이백여 년이 지났습니다. 우리는 정치인과 백만장자들이 우리 돈을 갈취해 가는 것 말고는 우리를 위해 해줄 수 있는 일이 별로 없다는 사실을 깨달았습니다. 여기에는 분명 그럴듯한 이유가 있겠죠. 저는 언젠가 경제학을 공부하고 싶습니다.

한편, 우리는 반드시 최선을 다해 서로를 사랑하고 돌보아야 합니다. 또한 조직화해야 합니다. 바로 여러분, 새로운 세대의 어른인 여러분이 우리를 조직화시켜야 합니다.

그리고 만약 우리 정부가 오늘날처럼 계속 잘못을 고치려 하지 않는다면, 여러분은 지구인이 명왕성인을 상대로 사용할 수 있는 유일하게 효과적인 무기로 그들을 위협해야 합니다. 바로 총파업이죠.

❖

저는 오늘 평화주의를 전도하려 했습니다. 제가 만약 백악관 담당 전도사라면, 리처드 M. 닉슨*도 퀘이커 교도**로 만들 자신이 있습니다. 저는 그만큼 미쳐 있습니다.

미국 역사는 우리에게 평화주의를 두려워하지 말라고 가르칩니다. 평화주의가 미국을 무방비 상태로 만들지는 않을 것입니다. 저는 평화주의자로 자랐고 우리 세대 대부분이 그렇습니다. 인디애나폴리스와 전국 방방곡곡의 공립학교들에서 제 또래의 아이들은 청년이 되면 유럽 국가들을 조롱하라고 배웠습니다. 유럽 나라들이 방대한 상비군을 유지하고, 무기에 자원을 낭비하고, 장군과 제독들이 나라의 앞날과 에너지와 부와 사람들을 어떻게 사용할지 결정하도록 만드는 걸 조롱하라고 말입니다.

저는 병균에 찌든 이방인과 동성애를 두려워하라고 배운 곳에서 동시에 군대 혐오도 배웠습니다. 거긴 공립학교였죠. '괴로움 뒤에 기쁨이 있다'라고들 하잖아요.

1930년대 미국 공립학교 체제가 배출한 이 모든 겁쟁이 평화주의자들은 1940년대 초반 당시에는 정의롭게만 보였던 전쟁에 참전해 끔찍하게 효과적인 군인이 되었습니다.

---

* 보니것이 이 연설을 할 당시 미국 대통령으로, 베트남전쟁을 캄보디아까지 확대해 큰 비난을 샀다.
** 개신교의 한 종파로 절대적인 평화주의를 실천한다.

❖

미사일을 방어하는 미사일을 방어하는 미사일의 공격에 대비하는 문제에 관해 이야기해보죠. 이게 소수의 입장일지 모르겠지만, 미국인들은 미사일을 방어하는 미사일을 방어하는 미사일을 방어하는 미사일을 개발하기보다는 그 돈을 병원과 주택과 학교와 대회전 관람차를 만드는 데 사용해야 합니다.

감사합니다, 행운을 빕니다.

9
추측가들과 억측가들
1981년 6월 7일
사우샘프턴 칼리지(뉴욕 주 스토니브룩)

"저는 여러분이 기댈 만한 믿음을 드리려 합니다.
왜냐하면 교육을 통해 얻은 광대한 지식을 계속 활용하다보면,
여러분은 분명 죽을 만큼 외로워질 테니까요."

이 연설은 미합중국 육군 교재에서 권한 교수법에 맞춰 진행될 것입니다. 연사는 연설할 내용을 미리 알려줍니다. 그러고 나서 청중에게 연설을 하고, 그다음엔 이미 말한 내용을 정리해줍니다.

저는 먼저 명예로운 행동, 특히 평시平時의 명예로운 행동에 관해 말할 것이고, 그다음에 지식 혁명에 관해 언급할 것입니다. 놀랍지 않습니까, 인간은 자기가 할말을 미리 알 수 있습니다. 그 말을 실제로 하고 싶어질 때를 대비해 말이죠. 그래서 저는 올봄에 졸업하는 전 세계 모든 대학 졸업생들에게 이그나츠 제멜바이스를 영웅으로 삼으라고 권할 것입니다.

무슨 영웅 이름이 그렇게 웃기냐고 생각하실 수도 있습니다.

그러나 맹세컨대 그가 어떻게, 무슨 연유로 세상을 떠났는지에 대한 이야기를 듣고 나면 분명 그를 진심으로 존경하게 될 겁니다.

이그나츠 제멜바이스가 어떤 인물이었는지 짧게 얘기한 뒤에 저는 그가 인류 진화의 다음 단계는 아닌지 질문할 것입니다. 그리고 그래야 마땅하다고 결론지을 것입니다. 만약 그가 인류의 미래 모습을 대표하지 않는다면, 우리뿐 아니라 바퀴벌레와 민들레에게도 삶은 끝난 겁니다.

제멜바이스가 어떤 사람인지 귀띔해드리겠습니다. 이그나츠는 수많은 산모와 아기의 생명을 구했습니다. 만약 우리가 지금 하는 대로 계속한다면 그들의 생명을 구할 가능성이 점점 적어질 것입니다. 좋습니다.

그러고 나서 저는 본론을 말할 것입니다. 본론은 서론을 확장한 겁니다. 이 얼마나 인상적인 연설 방식입니까. 우리가 세계 최강의 육군을 가진 것도 무리는 아니군요. 명예, 저는 언제나 명예로운 사람이 되고 싶었습니다. 여러분도 그럴 거라고 믿습니다.

명예에 대한 과거의 많은 이야기들은 주로 전장에서 하는 행동에 관한 것이었습니다. 성 세바스찬*이 그랬듯 화살이 빗발치는 와중에도 조국의 깃발을 높이 든 명예로운 사람의 이야기처럼 말입니다. 혹은 둥둥둥둥 북을 두드리다 총을 맞아 머리가 박

---

* 초기 기독교의 성인으로, 화살에 맞아 죽은 것으로 알려져 있다.

살나버린 어느 명예로운 북 치는 소년의 이야기처럼요.

이곳에서 그런 이야기를 해주기에는 헤이그 장군*이 적격이 겠군요. 저는 군대에서 고작 상병이었습니다. 물론, 현대식 무기 덕분에 전쟁터에서 그런 명예를 만드는 것은 옛날보다 더 무서 운 일이 되어버렸습니다.

미사일과 핵탄두들을 통제하는 사람이 명예롭게 행동하면 우 린 다 죽겠죠. 지구 전체가 시궁창 어딘가에 굴러떨어진 용감한 북 치는 소년의 머리처럼 되어버릴 겁니다.

그래서 저는 평시에 명예로운 행동만 이야기하려 합니다. 평 시에 진실을 들을 자격이 있는 사람들에게 진실을 말하는 것은 명예로운 행동입니다.

여러분은 '명예를 걸고 말하는데, 이러이러한 것은 진실이다' 하고 말함으로써, 자신의 이야기가 진실임을 보증합니다. 처음 으로 제 명예를 걸고 말하는데, 저는 의식적으로 거짓말을 한 적이 없습니다. 그리고 다시 한번 제 명예를 걸고 말하는데, 여 러분이 대학교를 졸업한 것은 매우 명예롭고 아름다운 행동입 니다.

제 명예를 걸고 말하는데, 우리는 여러분을 사랑하며 여러분 이 필요합니다. 우리는 여러분이 우리와 같은 종種이기 때문에

---

* 더글러스 헤이그(1884~1920). 제1차세계대전 당시 서부전선을 지휘하면서 막대한 사상자를 낸 것으로 악명 높은 영국 장군.

사랑합니다. 여러분은 인간으로 태어났고, 그거면 충분합니다.

우리에게 여러분이 필요한 것은, 우리의 종이 생존하길 바라기 때문에, 또한 잘 이해하고 사용하기만 하면 우리가 생존하는데 필요한 정확한 지식을 여러분이 가지고 있거나 가질 수 있기때문입니다.

제가 명예를 건다고 한 것은 '하늘에 맹세해'라는 표현의 어른버전입니다. 이야기가 점점 이그나츠 제멜바이스 이야기에 가까워지고 있군요. 혹시 도대체 그에게 무슨 일이 일어났다는 거야하고 궁금하신가요. 조금만 기다려주세요. 여기 계신 분들 전부는 아닐지라도 대부분은 본인이 충분히 교육받지 못했다고 생각하실 겁니다. 우리 종의 구성원들은 보통 그렇게 생각합니다. 시대를 초월해 가장 뛰어난 인간 중 한 명인 조지 버나드 쇼는 일흔다섯번째 생일날에 자신이 이제야 평범한 사환이 될 수 있을 만큼 배웠다고 말했습니다. 참고로, 그는 여러분이 태어나기 십여 년 전인 1950년에 죽었습니다. 그즈음 저는 스물여덟 살이었죠.

쇼는 지금의 여러분을 부러워했을 겁니다. 여러분의 젊음을부러워했을 게 분명합니다. 쇼가 젊음에 대해 했던 말을 아실지모르겠네요. 젊었을 때 젊음을 낭비하는 건 부끄러운 일이라고했답니다.

그러나 쇼는 정확한 지식에 더 집착했을 겁니다. 우주의 성격,

시간과 공간과 물질, 인간의 신체와 두뇌, 우리 행성의 자원과 약점, 다양한 사람들이 어떻게 말하고 느끼고 사는지에 관해 여러분이 이미 알고 있거나 알 수 있는 바로 그 지식 말이죠.

이게 바로 제가 말씀드리리라 약속했던 지식 혁명 이야기입니다. 지금까지 우리는 그게 나쁘다고 생각했죠. 지식이 언제나 우리 앞길을 가로막는 것처럼 보였으니까요. 지난 백만 년 동안 인류는 모든 것을 추측해야 했습니다. 역사책에 기록된 중요 인물들은 가장 매력적이고 때로는 가장 무시무시한 추측가들입니다. 그중 두 사람의 이름을 예로 들어볼까요? 아리스토텔레스와 히틀러입니다. 전자는 훌륭한 추측가이고, 후자는 사악한 억측가입니다.

만약 여러분이 그들의 이름을 들어본 적이 없다면, 오늘 이 자리는 실패한 졸업식입니다. 인류 역사상 많은 사람들은 충분한 지식을 갖지 못해 이런저런 억측가들을 믿을 수밖에 없었습니다. 예를 들어 16세기 러시아에서 폭군이었던 이반 대제*의 억측을 대수롭지 않게 생각한 사람들은 모자를 쓴 채로 머리에 못이 박히곤 했습니다.

때때로 설득력 있는 억측가들이 도저히 이해할 수 없는 특별한 시련들을 견딜 수 있게 용기를 불어넣어준다는 사실은 인정

---

* 근대 러시아 국가의 기틀을 만든 왕.

합시다. 심지어 폭군 이반도 지금 소련*에서는 영웅입니다. 흉작, 흑사병, 화산 폭발, 사산死産 같은 현상들 앞에서 억측가들은 우리가 불운과 행운을 이해할 수 있으며, 어떻게든 현명하고 효과적인 방법으로 거기에 대처할 수 있다는 환상을 심어주었습니다.

그런 환상이 없었더라면 오래전에 모든 걸 포기해버렸을지도 모릅니다. 그러나 사실 억측가들은 보통 사람들보다 많은 걸 알지도 못했고 심지어 더 무지할 때도 있었습니다. 중요한 것은 우리가 운명을 통제할 수 있다는 환상을 누군가가 심어줬다는 거죠.

설득력 있는 억측은 인류의 역사가 시작된 이래 거의 모든 지도력의 핵심이었습니다. 그래서 대부분의 지도자들이 갑자기 인류의 손에 들어온 지식을 무시하고 계속해서 억측에 매달린 것도 그다지 놀라운 일은 아닙니다. 오늘날 정치 지도자들은 억측에 억측을 더하면서 사람들의 이목을 끌고 있습니다. 워싱턴에서는 세계에서 가장 시끄럽고 거만하고 무식한 억측이 판을 치고 있죠. 우리 지도자들은 연구와 학문, 추적 보도가 인류에게 던져준 그 모든 지식에 넌더리가 난 모양입니다.

그들은 이 나라 전체가 그 모든 지식에 넌더리가 났다고 믿습

---

* 소비에트 연합은 1991년에 해체되었다.

니다. 그럴 수도 있습니다. 그러나 그들이 우리에게 다시 돌아가자고 요구하는 건 금본위제 정도가 아닙니다. 훨씬 더 기초적인 겁니다. 그들은 우리에게 다음과 같은 헛소리를 받아들이라고 합니다.

총기는 교도소와 정신병동 수감자를 제외하고 모두에게 유익하다. 맞는 말이죠. 국민 건강에 수백만 달러를 쓰면 물가가 오른다. 맞는 말이죠. 무기에 수십억 달러를 쓰면 물가가 내린다. 맞는 말이죠. 우익 독재가 좌익 독재보다 미국적 이상에 훨씬 더 가깝다. 맞는 말이죠. 비상시에 발사할 수 있는 수소폭탄을 더 많이 보유하면 인류는 더 안전할 것이고 후손들이 물려받을 세계는 더 행복할 것이다. 맞는 말이죠. 방사성폐기물을 포함한 산업폐기물이 사람에게 해를 끼치는 경우는 극히 드물기 때문에 누구라도 그에 대해 왈가왈부해서는 안 된다. 맞는 말이죠.

기업은 원하는 대로 무엇이든 할 수 있어야 한다. 뇌물을 주거나 환경을 조금 파괴해도 괜찮다. 또한 가격을 담합하거나 멍청한 소비자들을 우롱하거나 공정거래를 위반해도 괜찮으며, 파산 시에는 국고를 털어도 된다. 맞는 말이죠. 그것이 바로 기업가 정신이다. 맞는 말입니다.

빈민들이 가난한 것은 과거에 큰 실수를 저질렀기 때문이므로 그 자녀들도 대가를 치러야 한다. 맞는 말이죠. 미합중국 정부가 모든 국민을 돌볼 수는 없다. 맞는 말이죠. 자유시장체제가 돌봐줄 것이다. 맞는 말이죠. 자유시장은 자동으로 돌아가는 사법 체계다. 맞는 말이죠.

여러분이 이 자리에서 배운 내용 중 10분의 1만 기억한다면 워싱턴 DC에서 환영받지 못할 겁니다. 제가 아는 중학교 1학년 학생들 중 몇몇 똑똑한 아이들도 워싱턴 DC에서 환영받지 못할 것입니다. 여러분, 몇 달 전에 의사들이 한자리에 모여 수소폭탄 공격이 약간만 있어도 인류의 생존이 불가능하다는 건 간단명료한 의학적 사실이라고 발표했던 것을 기억하십니까? 그들 역시 워싱턴 DC에서 환영받지 못했습니다.

우리가 먼저 수소폭탄을 일제히 투하해 적이 한 번도 반격하지 못한다 해도, 폭탄에서 나온 독성물질이 지구 전체를 야금야금 질식시킬 것입니다.

워싱턴의 반응은 어떨까요? 그들은 다르게 억측합니다. 교육 따위가 무슨 소용일까요? 권력은 여전히 난폭한 억측가들의 손에 있는데 말입니다. 그들은 지식을 싫어합니다. 하지만 그 억측가들은 최고의 고등교육을 받은 사람들입니다. 어처구니없는 일이죠. 그들은 값비싼 졸업장뿐 아니라 모든 지식과 교양까지 내팽개쳐버렸습니다. 심지어 하버드 대학과 예일 대학의 교육까지도 말이죠.

그러지 않았다면 그들의 노골적인 억측이 이렇게까지 계속될 수 있었을까요. 제발 여러분은 그러지 마십시오. 저는 여러분이

기댈 만한 믿음을 드리려 합니다. 왜냐하면 교육을 통해 얻은 광대한 지식을 계속 활용하다보면, 여러분은 분명 죽을 만큼 외로워질 테니까요. 여러분보다 억측가의 수가 더 많거든요. 아마 10대 1정도 될 것 같습니다.

제가 여러분께 드리려는 것은 사실 너무 초라합니다. 그것은 무대책보다 나을 게 없거나 오히려 더 못할 수도 있습니다. 저는 이미 말한 적이 있습니다. 바로 진정한 현대적 영웅이라는 개념입니다. 이그나츠 제멜바이스의 삶에서 뼈대를 이루는 것이었죠. 그는 저의 진정한 영웅입니다. 제가 여러분에게 그 이름을 크게 외치도록 시키지는 않을까 궁금해할지도 모릅니다. 아닙니다. 이것을 끝으로 제가 여러분에게 그 이름을 또 말할 일은 없을 겁니다.

이그나츠 제멜바이스는 1818년 부다페스트에서 태어났습니다. 그의 삶이 제 할아버지나 여러분의 증조할아버지의 삶과 겹쳐 보여서 아주 오래된 일처럼 느껴질 수도 있지만, 사실 그가 살던 시대는 바로 어제나 다름없습니다.

이그나츠는 산부인과 의사가 되었습니다. 이 사실만으로도 그는 현대적 영웅이 되기에 충분합니다. 이그나츠는 아기와 산모의 건강을 지키는 일에 일생을 바쳤습니다. 우리에게는 그런 영웅이 더 많이 필요합니다. 오늘날 억측가들의 손에 들어간 우리 사회는 그 어느 때보다도 더 산업화되고 군사화되었지만, 산모, 아기들, 노인들처럼 육체적으로나 경제적으로 약한 사람들을 돌보는 일엔 너무나 무심합니다.

저는 앞서 이런 모든 지식이 얼마나 새로운 것인지 이야기한 바 있습니다. 세균이 수많은 질병을 일으킨다는 발견도 불과 백이십 년밖에 되지 않았죠.

제가 이곳 사가포넉에 소유한 집만 해도 그보다 거의 두 배나 오래되었습니다. 원래 집주인들은 어떻게 그토록 오래 살면서 집을 완성할 수 있었을까요. 제 말은 세균설이 아주 최근에야 정립되었다는 겁니다. 저희 아버지께서 어린 소년이었을 때만 해도 루이 파스퇴르가 아직 살아 있었고, 그의 이론은 여전히 논쟁적이었습니다. 당시만 해도 영향력 있는 억측가들이 꽤 많았는데 그들은 사람들이 자신의 말을 듣지 않고 파스퇴르의 말에 귀를 기울이는 것에 분노를 터뜨렸습니다. 그래도 이그나츠 제멜바이스는 역시 세균이 각종 질병을 일으킨다고 믿었습니다. 오스트리아 빈의 산부인과에 갔을 때 그는 경악을 금치 못했습니다. 그곳의 산모들 열 명 중 한 명은 산욕열로 목숨을 잃었으니까요.

그 산모들은 모두 가난한 사람들이었습니다. 그즈음 부자들은 여전히 집에서 아이를 낳았습니다. 제멜바이스는 병원 일과를 관찰하다가 의사들이 환자들을 감염시키고 있는 건 아닌지 의심하기 시작했습니다. 그는 의사들이 종종 시체보관소에서 시체를 해부한 후에 곧바로 산과병동의 산모들을 검진한다는 사실을 알아차렸습니다. 그는 시험 삼아 의사들에게 산모들을 만지기 전에 먼저 손을 씻으라고 제안했습니다.

이 얼마나 모욕적입니까. 선배들에게 그런 제안을 하다니 말이죠. 제멜바이스는 자신이 정말 하찮은 존재임을 깨달았습니다. 친구도, 오스트리아 귀족 사회의 후원자도 없었던 그는 곧바로 도시에서 쫓겨났습니다. 그러나 산모들은 계속 죽어나갔고, 다른 사람들과 어울리는 능력이 저나 여러분보다 월등히 모자랐던 제멜바이스는 끊임없이 동료 의사들에게 손을 씻으라고 요청했습니다.

의사들은 결국 제멜바이스의 제안에 동의했습니다. 그를 비웃고 야유하고 멸시하면서 말입니다. 의사들은 지저분한 손에 비누칠을 하고 손톱 밑을 솔로 문질러 닦았을 겁니다. 그러자 산모들이 더이상 죽지 않았습니다. 상상해보십시오! 제멜바이스가 그 모든 생명을 구한 것입니다.

결과적으로 제멜바이스는 수백만 명의 목숨을 구했습니다. 어쩌면 여러분과 저도 그중에 포함될지 모릅니다. 제멜바이스는 빈 사회에서 의료계를 이끌던 지도자들, 즉 억측가들로부터 어떤 보답을 받았을까요? 그는 병원에서 쫓겨났을 뿐 아니라, 그 덕분에 수많은 사람의 목숨을 구한 오스트리아 자체에서 쫓겨났습니다. 제멜바이스는 헝가리의 한 시골 병원에서 의사 경력을 마감했습니다. 그는 그곳에서 바로 우리, 인류에 대한 기대를 포기했고, 지금은 여러분의 지식이 된 인류의 지식을 포기했으며, 결국 자기 자신도 포기해버렸습니다.

어느 날 해부실에서 그는 시체를 절개하던 해부용 메스로 자기 손바닥을 찔렀습니다. 본인이 예상한 대로 제멜바이스는 오래 지나지않아 패혈증으로 사망했습니다.

모든 권력은 억측가들의 손아귀에 있었습니다. 이번에도 승리는 그들의 것이었습니다. 세균의 것이었기도 하고요. 이로 인해 오늘날 우리도 충분히 관심을 가져야 할, 억측가들에 관한 사실 하나가 드러났습니다. 그들은 생명을 구하는 데 관심이 없습니다. 그들에게 중요한 것은 관심을 끄는 것입니다. 또한 아무리 터무니없는 것이라도 그들의 억측이 언제까지나 유지되는 것도 중요합니다. 그들이 증오하는 것이 있다면 그것은 현명한 남성과 현명한 여성입니다.

그러니 어떻게든 현명한 사람이 되어주십시오. 우리의 생명과 여러분의 생명을 구하십시오. 존경받는 사람이 되십시오. 경청해주셔서 감사합니다.

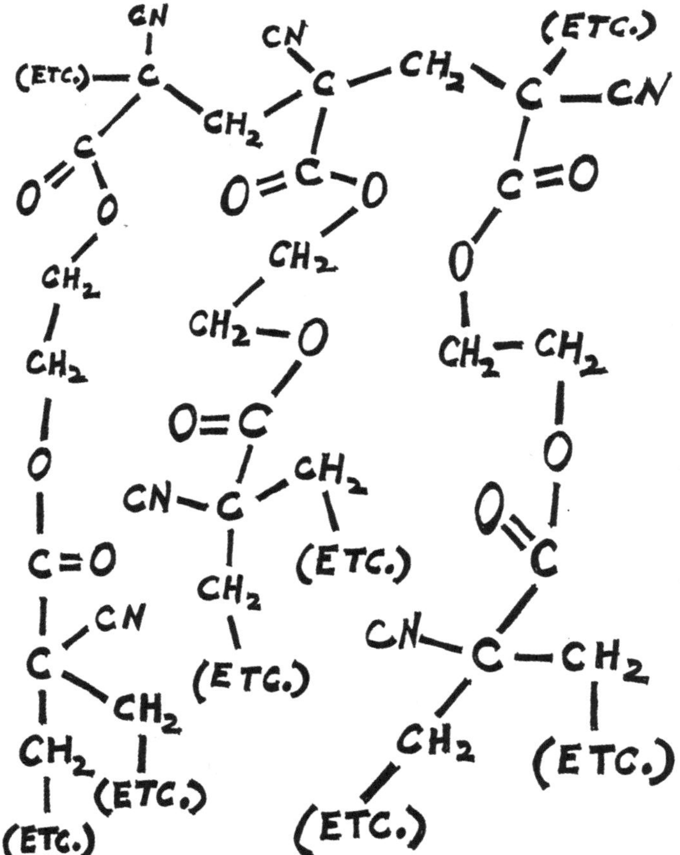

10
대통령을 나쁘게 말할 자유
2000년 9월 16일
인디애나인권옹호연맹(인디애나 주 인디애나폴리스)

"제가 토머스 제퍼슨을 나쁘게 말해서
기분이 상한 분이 계시다면, 유감입니다.
저는 불도 안 났는데 '불이야!' 하고 소리치는 경우를 빼곤,
제 맘대로 말할 자유가 있거든요."

저에 관해 여러분이 아셔야 할 것이 있습니다. 별로 자랑스러운 것은 아닙니다. 바로 이겁니다. 저는 식수대와 버스 이용을 빼면 미시시피 주 빌럭시만큼이나 흑백 분리가 철저한 곳에서 태어났습니다. 저는 인디애나 주에서 백합처럼 새하얀 공립학교를 다녔습니다. 그 학교 선생님들의 수준은 대학교 교수님들 못지않았습니다. 역시 전부 백인이었던 우리 선생님들은 그냥 선생님이 아니었습니다. 그분들은 과목 그 자체였습니다. 우리 화학 선생님은 화학자나 다름없었습니다. 우리 물리 선생님은 물리학자나 다름없었습니다. 고대사 선생님의 이름은 미니 로이드였는데, 그분은 테르모필레 전투* 연구로 훈장이란 훈장은 다 받으셔야 마땅했습니다. 우리 영어 선생님들은 대개 진지한 작가

였습니다. 제게 영어를 가르쳐주신 고故 마거리트 영 선생님께서는 인디애나 주 출신인 유진 빅터 데브스에 관한 최고의 전기를 쓰셨습니다. 데브스는 중산층 출신 노동운동 지도자로, 제가 네 살 때 미국 대통령 선거에 사회당 후보로 출마한 사람이었습니다. 수백만 명이 데브스에게 표를 던졌습니다.

저는 데브스와 만난 적이 없습니다. 그러나 제2차세계대전이 끝나고 충분히 나이를 먹은 뒤에 또다른 중산층 출신 인디애나 주 노동운동 지도자를 만나 점심식사를 한 적은 있습니다. 그의 이름은 파워스 햅굿이었습니다. 햅굿은 하버드 졸업생이자 부유한 기업가 가문 출신이었지만 탄광 노동자로 일했습니다. 노동자들과 정신적으로, 육체적으로 가까워지고 노동자들이 스스로를 돕는 걸 돕기 위해서 말입니다. 그는 나중에 미국산업별조합회의의 인디애나폴리스 지회 간부가 되었습니다.

우리가 함께 점심을 먹고 얼마 뒤, 피켓라인에서 가벼운 싸움이 일어났고 햅굿은 증언을 위해 법정에 출두했습니다. 쇼트리지 고등학교에서 저와 같은 반이었던 문 클레이컴의 아버지이기도 한 클레이컴 판사는 이미 햅굿의 개인사를 알고 있었습니다. 그는 재판 도중 끼어들어 햅굿처럼 번듯한 사람이 왜 그런 삶을 택했는지 물었습니다. 그러자 햅굿이 대답했습니다. "존경

---

* 스파르타와 페르시아 사이에 일어난 전투로 영화 〈300〉의 배경이 되기도 했다.

하는 판사님, 그건 예수의 산상수훈 때문입니다."

만약 우리가 왜 인권옹호연맹 본부나 지회를 지지해야 하느냐고 묻는다면 저는 이렇게 답하겠습니다. 위정자들이 권리장전*에 명시된 법을 어기지 못하게 하려면 강력한 민간단체의 견제가 필요하다고 말이죠. 그들이 음주운전을 하거나 소화전 옆에 불법 주차를 하지 못하게 하는 것처럼 말이죠. 권리장전의 내용이 인도주의적이고 공정하고 자비로우므로, 사실 저는 무의식 중에 이렇게 답한 것이나 마찬가지입니다. "산상수훈 때문입니다, 선생님."

산상수훈이 무엇인지 모르는 분이 계시다면 자녀의 컴퓨터에게 물어보세요. 권리장전이 무엇인지 모르는 분이 계시다면, 검색해보세요, 꼭 검색해보세요. 그리고 맞습니다. 저는 수정 헌법 제2조에 관해 잘 알고 있고, 그것을 지지합니다. 그 조항에서 대통령과 의견이 다른 사람은 대통령을 암살해도 된다고 하지는 않습니다. 그건 존 윌크스 부스**나 리 하비 오즈월드***가 할 만한 행동이지요. 수정 헌법 제2조에서 말하는 것은 사실 살상 무기와 실탄에 관심이 있는 민간인들이 다른 사람들을 위해 주방위

---

* 1791년에 미국 의회가 국민의 기본적 인권을 보장하기 위해 통과시킨 헌법 수정안.
** 링컨 대통령 암살범.
*** 케네디 대통령 암살범.

150

군에서 복무할 수 있다는 것입니다. 비무장 대학생*에게 총을 쏘지 않는다는 조건에서 말이죠.

백합처럼 새하얀 저희 학교 얘기를 다시 해보죠. 우리 학교에서는 일간지도 발행했습니다. 그곳 선생님들이 그토록 훌륭했던 이유는 대공황 덕분에 교사가 도시에서 가장 똑똑한 사람들이 몰리는 요직이 됐기 때문이었습니다. 그러나 제가 일곱 살이던 1929년 주식시장 붕괴 이전에도 우리 학교에는 뛰어난 선생님들이 많이 계셨습니다. 당시 고등학교 교사란 똑똑하고 교양 있는 여성들이 따뜻한 마음씨와 지적 열정을 발휘할 수 있는 유일한 일이었으니까요. 저를 가르치신 최고의 선생님들은 모두 여자 선생님들이었고, 그분들은 정말 똑똑하셨습니다.

그즈음 여성들은 어찌하여 오늘날 그들이 그토록 활약하고 있는 분야에 진출할 수 없었을까요? 왜냐하면 그때는 그것이 자연법, 즉 자연의 섭리로 여겨졌기 때문입니다. 그렇지 않으면 자연이 여성들을 그토록 형편없는 싸움꾼으로 만들었을 이유가 없다는 것이었죠. 아주 매력 없는 극소수를 제외하면 대부분의 여성들은 약하잖아요.

왜 우리 학교에는 아프리카계 미국인이 없었을까요?

물론, 아프리카계 미국인들에게는 자기들만의 학교가 있었습

---

* 1970년 5월 4일 켄트 주립 대학에서 오하이오 주방위군이 캄보디아 침략을 항의하는 시위 참가자들에게 발포해 비무장 학생 네 명이 죽었다.

니다. 그 학교 이름은 크리스퍼스 애턱스였죠. 특이한 이름 덕분에, 인디애나폴리스의 모든 유색인들은 크리스퍼스 애턱스가 누군지 아는 특이한 미국인이 되었습니다. 아프리카계 미국인이었던 애턱스는 노예가 아니라 자유민으로서, 1770년 보스턴 대학살 사건* 당시 영국이 쏜 탄환에 희생된 인물입니다. 이 나라가 전 세계 자유의 등불이 되기 불과 육 년 전에 발생한 일이었죠. 저는 제 작품 중 하나에서 크리스퍼스 애턱스 고등학교를 "무고한 구경꾼 고등학교"라고 부르기도 했습니다.

원래 이야기로 돌아와서, 쇼트리지 고등학교에는 왜 아프리카계 미국인이 없었을까요? 왜냐하면 그즈음에는 그것이 자연의 섭리, 즉 자연법으로 여겨졌기 때문입니다. 자연이 인간을 색깔 별로 구분한 데에는 그만한 이유가 있다는 것이었죠. 그렇지 않다면, 이 모든 색깔 구분이 도대체 왜 있을까요?

토머스 제퍼슨은 건국의 아버지 가운데 조지 워싱턴 다음으로 가장 사랑받는 인물입니다. 왜 토머스 제퍼슨은 "모든 사람은 평등하게 창조되었다"고 썼을까요? 사실은 여성들을 뺀 모든 백인 남성들이 평등하다는 의미였는데 말입니다. 게다가 본인은 노예 소유주이기까지 했죠. 그즈음에는 그것이 자연의 섭리로 여겨졌으니까요. 참고로, 제퍼슨은 노예들을 전당포에 맡기기도

---

* 1770년 3월 보스턴 시민과 영국 병사 사이에 벌어졌던 충돌 사건으로 이후 미국독립혁명의 발발에 큰 영향을 주었다.

했습니다. 이제는 더이상 환경미화원을 색소폰과 함께 전당포에 맡길 수 없으니, 이 얼마나 아쉬운 일입니까. 옛날이 좋았죠.

제가 자랄 때는 몇 가지 이유로 백인 남성들에게 참 좋은 시절이었습니다. 사법당국의 눈으로 봐도 저는 여전히 저와 같은 인종의 절반과 다른 모든 인종에 비해 우월했습니다. 기분좋은 일이죠! 그뿐 아니라, 저는 좋은 가문 출신이었기 때문에 온갖 나쁜 짓을 저지르고도 벌을 받지 않을 수 있었습니다. 그러나 그건 다른 이야기군요.

고등학교 시절 백인 학생들이 재미로 하던 풋볼 경기—"제퍼슨 경기"라고 불렀죠—에서 킥오프를 준비하는 팀의 임시 주장은 이렇게 소리쳤습니다. "받을 준비됐냐, 크리스퍼스 애턱스?" 그러면 공을 받는 팀 주장은 이렇게 대꾸하곤 했습니다. "우린 준비됐다, 레이디우드*야." 생각해보면, '레이디우드'란 말에는 반가톨릭적 의미가 담겨 있었습니다. 또한 우리가 백인이고, 남성이며, 신교도라는 의미도 담겨 있었습니다. 따라서 '레이디우드'라는 욕은 일석이조였던 셈이죠.

제가 토머스 제퍼슨을 나쁘게 말해서 기분이 상한 분이 계시다면, 유감입니다. 저는 불도 안 났는데 "불이야!" 하고 소리치는 경우를 빼곤, 제 맘대로 말할 자유가 있거든요. 제가 미국 시민

---

* 인디애나폴리스에 있는 가톨릭 여자 학교 이름.

이기 때문이죠. 여러분의 정부는 바보같이 하찮은 이유로 상해 버리는 여러분이나 다른 누군가의 기분을 보호하려고 존재하는 게 아니고, 그래서도 안 됩니다. 그 누군가의 피부색, 인종, 종교가 무엇이든 말이죠.

여러분은 제가 토머스 제퍼슨에 관해 떠들지 못하게 막을 수 있을 만큼 힘이 세고 또 멍청한 정부 관리를 찾을 수도 있습니다. 그러면 여러분과 그 관리는 법원에 끌려나올 것이고, 기진맥진할 때까지 인디애나인권옹호연맹의 괴롭힘을 받게 될 것입니다.

이제 성 토마스 아퀴나스 얘기를 해야겠군요. 아퀴나스는 위대한 이탈리아의 신학자이자 철학자로, 팔백 년 전에 인간이 복종해야 하는 법들의 위계질서를 인식했습니다. 당연히 그 위계질서의 꼭대기에는 구약과 신약에 기초를 둔 신법神法이 있습니다. 그리고 그 밑에는 자연법이 있습니다. 성 토마스와 제퍼슨이 보기에 자연이 마땅히 가야 할 길이죠. 가장 밑바닥에는 인간의 법이 있습니다. 만약 법을 한 벌의 카드로 본다면, 신법은 에이스, 자연법은 킹, 그리고 미국인권옹호연맹의 변호사들은 볼품없는 퀸에 불과할 것입니다. 이 변호사들이 우리 사회의 2점과 3점짜리 카드뿐 아니라 인기 없는 10점짜리와 잭 카드의 인권까지 보호하려 애쓰고 있지만 말입니다. 저는 실제로 어떤 사람이 권리장전을 "수정 헌법 덩어리"로 폄하하는 말을 들은 적이 있습니다. 신과 자연에 비교하면 발톱의 때에 불과하다는 것이었죠.

그리고 권리장전에 명시된 법들은 오랫동안 때나 똥 취급을 받았습니다. 제 또래의 사람들이 태어난 해, 그러니까 1922년이 될 때까지 권리장전은 너무하다 싶을 만큼 제대로 집행되지 않았습니다. 제가 태어나기 겨우 이 년 전에야 여성들에게 투표권과 피선거권이 주어졌습니다. 세상에나! 그뒤로 오랫동안, 제2차 세계대전이 종전되고도 한참이 지나서야 아프리카계 미국인들은 자유의 등불이라 불리는 이 나라 곳곳에서 법률상의 세부 조항과 무시무시한 테러 때문에 남녀 불문하고 투표를 할 수 없었습니다. 우리 잊지 맙시다. 아프리카계 미국인을 폭행했다고 처벌받은 경우는 없었습니다. "이빨과 발톱이 피로 물든 자연*"만 있을 뿐이었습니다.

이 동정심 많은 분들은 누구일까요? 사회적으로나 정치적으로 아무리 힘없고 무시당하는 사람이라 해도 모든 시민들이 우리 지역, 주, 연방 정부로부터 정의롭고 자비로우며 공손한 대우를 받을 수 있도록 싸웠고, 지금도 싸우고 있는 그분들 말입니다. 저는 그런 분들을 가리키기 위해, 한때 경멸적인 의미로 쓰

---

* 영국의 시인 알프레드 테니슨의 시 「A. H. H.를 기리며」에 나온 표현으로, '흉폭한 자연' 혹은 '치열한 생존 경쟁'을 뜻하는 말로 자주 인용된다.

이던 표현을 사용하려 합니다. 바로 '폐지론자*'입니다. 우리는 폐지론자입니다. 무엇을 폐지한다는 걸까요? 노예제를 폐지해야 한다는 의미죠. 인권을 향한 그런 열정은 우리가 과거로부터 물려받은, 입에 담을 수도 없을 만큼 끔찍한 범죄에 대한 죄책감에서 힘을 얻습니다. 이 나라 전체가 과거에 가졌고, 그리고 오늘날도 가지고 있는 부의 상당 부분이 다름 아닌 납치된 사람들, 즉 노예의 노동력으로 만들어졌다는 사실에서 오는 죄책감 말입니다. 또한 오늘밤 우리는 남북전쟁에서 일어난, 이른바 친족살인에 대해 속죄하고 있습니다. "나의 눈은 주께서 내려오시는 영광을 보았네. 주께서는 분노의 포도가 비축된 포도밭을 모두 밟고 오신다.**"

〈조국찬가〉〈엉클 톰의 오두막〉, 링컨 대통령의 게티스버그 연설과 기타 등등이 여성들의 권리에 대한 오늘날의 열정과 무슨 관계가 있을까요? 별로 없습니다, 정말로요. 오늘날 여성들은 그저 운이 좋았을 뿐입니다.

---

* Abolitionists. 원래는 '노예제 폐지론자'라는 의미이다.
** 남북전쟁 당시 북군 행진에 영감을 받아 만들어진 곡인 〈조국찬가〉의 일부.

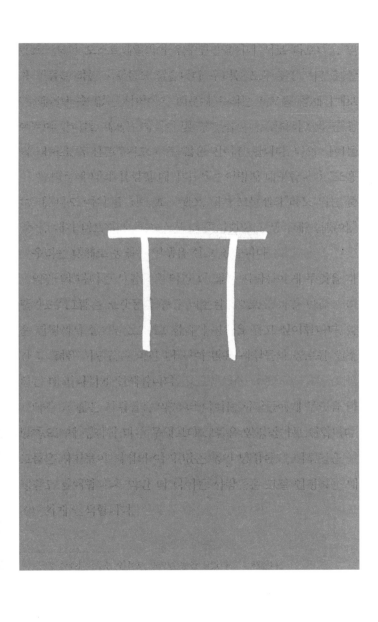

용기, 용맹, 무용(武勇)

11
대학에 안 갔다고 우울해하지 마

2001년 10월 12일

칼 샌드버그상*시상식(시카고 주 일리노이)

"우리 편 만세!
저는 어떤 식으로든 예술가도 노동자도 아닌
어느 존재를 위해 축배를 들자고 제안하고 싶습니다.
그 존재는 사람조차 아닙니다."

우리는 미국의 그레이트 호** 사람들입니다. 우리는 미국의 신선한 담수에 사는 사람들로, 바다가 아니라 대륙의 사람들이죠. 저는 바닷물에서 수영할 때마다 닭고기 수프에서 수영하는 듯한 느낌을 받습니다.

제게 이런 영광을 주셔서 감사합니다. 비록 이 상이 제가 칼 샌드버그만큼 열정적이고 유능한 예술가가 아니란 사실을 깨닫는 계기가 되었지만 말입니다. 당연히 우리는 고양이 걸음으로

---

* 미국 작가 칼 샌드버그(1878~1967)의 이름을 딴 상으로 시카고공립도서관재단에서 수여한다. 문자언어에 대한 대중의 관심을 높인 작품을 저술한 작가에게 수여된다.
** 미국의 중북부 지역에 밀집해 있는 담수호들을 일컫는 말.

살금살금 나타난 그의 안개*에 감사해야겠죠. 그러나 오늘밤은 지난 세기의 전반기 동안 샌드버그와 다른 사회주의자들이 미국의 노동계급인 임금 생활자들의 자존심과 존엄성, 정치 감각을 키워주기 위해 예술에서, 연설에서, 조직 기술에서 성취한 것을 축하할 좋은 기회이기도 한 것 같습니다.

노동계급이 사회적 지위도 없고 교육 수준도 높지 않으며 부자도 아니기 때문에 지적으로 열등하다는 편견은 미국 역사상 가장 심오한 문제를 다룬, 최고의 작가와 연설자 중 두 명이 독학한 노동자라는 사실에 의해 거짓임이 밝혀졌습니다. 저는 물론 일리노이 주에 살던 칼 샌드버그와, 켄터키 주에 살다가 나중에 인디애나 주로 옮겼다가 마지막에는 일리노이 주에 살았던 에이브러햄 링컨을 말한 것입니다.

우리 편 만세!

상류층 출신 예일대 졸업생 중에는 코딱지만큼이라도 가치 있는 글을 쓰거나 말을 하지 못하는 사람들도 있죠.

사회주의가 기독교보다 더 사악한 단어는 아닙니다. 사회주의 때문에 이오시프 스탈린과 그의 비밀경찰, 교회 폐쇄 같은 게 생겼다고 하려면 먼저 기독교 때문에 스페인 종교재판**이 일어

---

* 칼 샌드버그의 시 「안개」에서 따온 표현.
** 15~19세기 스페인 왕국에서 빈번했던 종교재판. 최소 삼십만 명 이상의 사람들이 희생되었고 잔인한 고문법과 처형법으로 유명하다.

났다고 말할 수 있어야 합니다. 사실 기독교와 사회주의는 비슷합니다. 양쪽 모두 모든 남성과 여성, 아이는 평등하게 창조되었고, 이들이 굶주려서는 안 된다는 주장에 헌신하는 사회를 만들고자 했으니까요.

우연히도, 아돌프 히틀러는 이 두 가지 역할을 모두 맡았습니다. 그는 자기 당의 이름을 나치, 즉 민족사회주의Nationalsozialismus라 불렀습니다. 또한 탱크와 비행기에 십자가를 그려넣었습니다. 사람들의 생각과 달리, 하켄크로이츠*는 기독교적 상징이었습니다. 도끼와 연장으로 만든, 노동자들을 위한 기독교식 십자가였죠.

스탈린의 교회 폐쇄와 오늘날 중국이 한 짓**을 봅시다. 그런 종교 탄압은 아마 "종교는 인민의 아편"이라는 칼 마르크스의 말로 정당화되었을 겁니다. 마르크스가 이 말을 했던 때는 아편과 아편으로 만든 것들이 유일하게 효과적인 진통제였던 1844년이었습니다. 하지만 마르크스도 아편을 복용했습니다. 그는 아편이 일시적으로 고통을 경감시켜주는 것에 고마워했습니다. 그는 종교가 경제적으로, 또 사회적으로 고통받는 이들에게 위안을

---

* 독일 나치의 상징물. '갈고리'를 뜻하는 '하켄(Haken)'과 '십자가'를 뜻하는 '크로이츠(Kreuz)'가 합쳐진 단어.

** 1999년 중국 공산당 정부는 심신 수련법의 일종인 파룬궁을 사이비로 규정하고 박해했다. 당시 파룬궁 수련자들에 대한 비인간적인 고문법과 살상이 드러나 국제적인 비난을 샀다.

줄 수 있다는 사실을 인식했을 뿐 그것을 규탄한 것이 아니었습니다. 그것은 그냥 말일 뿐 금언은 아니었습니다.

　참고로, 마르크스가 그 말을 했을 때는 아직 미국에서 노예가 해방되기도 전이었답니다. 자비로우신 하느님의 눈으로 봤을 때 당시 어느 쪽이 더 예뻐 보였을까요? 칼 마르크스였을까요, 미국이었을까요?

　스탈린은 마르크스가 지나가며 한 말을 기꺼이 금언으로 삼았고, 중국의 독재자들도 마찬가지였습니다. 그 말이 자신이나 자신의 목표를 비판할 만한 설교자들을 쫓아낼 수 있는 권한을 줄 거라고 생각했기 때문이었죠.

　이 나라에서도 많은 이가 마르크스의 말을 핑계 삼아 사회주의는 반종교적이고 반신反神적이므로 몹시 혐오스럽다는 발언을 할 수 있었습니다.

　저는 칼 샌드버그를 만난 적이 없지만, 만났으면 좋았겠다고 생각합니다. 아마 그런 국보급 인물 앞에서 말도 제대로 못 했겠지만 말입니다. 저는 인디애나폴리스에 살던 파워스 햅굿이라는 사회주의자를 알았습니다. 샌드버그와 동시대에 살았던 사람이었죠. 햅굿은 하버드 대학을 졸업한 후 광부로 일하면서 주변의 노동계급 형제들에게 촉구했습니다. 더 많은 임금과 더 나은 노동조건을 얻으려면 조직을 만들어야 한다고 말이죠. 그는 또한 1927년 매사추세츠에서 니콜로 사코와 바르톨로메오 반제티의 사형*에 반대하는 행진을 주도했습니다.

우리의 또다른 그레이트 호 조상으로 인디애나 주 테러호트 출신 유진 빅터 데브스를 꼽을 수 있습니다. 한때 증기기관차에 연료가 떨어지지 않도록 연료를 계속 넣어주는 기관조수로 일했던 유진 데브스는 네 번이나 미합중국 대통령 후보로 출마했고, 그중 마지막은 그가 감옥에 있었던 1920년 대선이었습니다. 당시 그는 이렇게 말했습니다. "하층 계급이라는 것이 존재하는 한, 저는 거기 속합니다. 범죄자라는 것이 존재하는 한 저는 거기 속합니다. 단 한 명이라도 감옥에 영혼이 존재하는 한 저는 자유롭지 않습니다." 굉장한 정견이지요.

이것은 예수의 팔복을 쉽게 풀어 말한 것입니다.

다시 한번 말하겠습니다. 우리 편 만세! 그리고 우리의 소중한 칼 샌드버그는 지옥 불을 내뿜는 전도사 빌리 선데이**에게 이렇게 말했습니다.

당신은 우리에게 와서 셔츠를 찢으며 예수에 관해 열변을 토합

---

* 사코반제티 사건. 1920년 매사추세츠 주의 제화공장에서 살인 사건이 발생하고 이탈리아계 노동자인 사코와 반제티가 용의자로 지목된다. 두 사람은 무죄를 주장했으나 그들이 외국 이민자라는 점과 과거 무정부주의자였다는 이유로 미국 시민들의 반감을 샀고 결국 1927년에 사형을 선고 받았다.
** 미국 야구 선수 출신 전도사(1862~1935)로 보수적 의견과 친근한 말투의 연설로 매우 인기를 끌었다.

니다. 당신이 예수에 대해 제대로 아는 게 있는지 알고 싶군요.

예수님은 부드럽게 말씀하셨습니다. 은행가와 사기꾼 등 예루살렘의 높으신 분들을 뺀 모든 사람들이 그분과 가까이 있고 싶어했습니다. 왜냐하면 예수님은 가짜 약속을 하지도 않았고, 병자를 도왔으며, 사람들에게 희망을 줬기 때문입니다.

당신은 우리 모두가 어리석은 바보라고 말합니다. 입술에서 거품이 줄줄 흘러나올 정도로 강한 어조로 말입니다. 우리가 모두 지옥에 갈 것이고 당신은 그 사실을 다 알고 있다고 지껄입니다.

저는 예수님 말씀을 읽었고, 그분이 하신 말씀을 잘 압니다. 당신은 저를 벌벌 떨게 만들 수 없습니다. 전 당신의 속셈을 압니다. 당신이 예수님을 얼마나 아는지 나는 파악했습니다.

당신은 판잣집에 사는 사람들에게 그들이 죽어서 벌레가 그들을 다 먹어치우고 나면 하늘나라에서 예수님이 대저택을 줄 것이니 걱정하지 말라고 말합니다.

당신은 주급 6달러를 받고 백화점에서 일하는 아가씨들에게 그들에게 필요한 것은 예수님뿐이라고 말합니다. 당신은 거대 철강 기업에서 일하는 이탈리아인 노동자를, 살아도 죽은 것 같고 겨우 마흔 살에 머리가 다 세고 몸이 굽은 이 사람을 붙잡고 십자가의 예수님을 보기만 하면 다 좋아질 거라고 말합니다.

당신은 가난한 사람에게 봉급을 더 받을 필요가 없다고 말하며, 일자리를 잃는 것은 고통스럽지만 예수님이 잘, 아주 잘 고쳐

주실 거라고 말합니다. 당신이 말하는 대로 예수님을 영접하기만 하면 말이죠.

예수님은 달랐습니다. 예루살렘의 은행가와 기업 변호사 들은 암살자를 시켜 예수님을 죽이려 했습니다. 예수님이 그들에게 동조하지 않았을 테니까요.

저는 우리 종교에서 허풍쟁이가 떠드는 잡소리가 많지 않았으면 합니다.

잘한다 우리 편!

저는 이제 여러분의 환대에 힘입어, 저 스스로를 시카고 르네상스*의 자손으로 선언하는 바입니다. 칼 샌드버그뿐 아니라 에드거 리 매스터스**와 제인 애덤스***, 루이스 설리번****, 미시간 호 등에 의해 진정으로 인간답게 된 사람으로요.

그리고 저는 어떤 식으로든 예술가도 노동자도 아닌 어느 존재를 위해 축배를 들자고 제안하고 싶습니다. 그 존재는 사람조차 아닙니다. 신사 숙녀 여러분, 올리리 부인의 소*****를 소개합니다.

---

* 1910년대부터 1920년대 중반까지 시카고에서 일어난 문예부흥운동.

** 미국 시인(1869~1950).

*** 미국 평화주의 작가(1860~1935). 1931년에 노벨 평화상을 수상했다.

**** 미국 건축가(1856~1924).

***** 설화에 따르면 이 소가 1871년 한 술집에서 등불을 뒷발로 걷어차는 바람에 시카고 대화재가 일어났다고 한다. 이후 시카고 경제와 인구가 성장하기 시작했다.

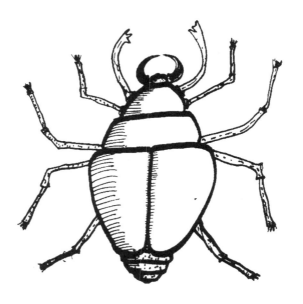

12
인류학 학위 없이 잘 먹고 잘 사는 법
『반감정적인 교육: 작가들과 시카고』
(시카고 대학 출판부, 1995년) 중에서

"저는 제 소설의 메시지가 무엇인지 잘 모릅니다.
그러나 저는 사람들이 자기방어 능력을 기르기 전에
그들을 인도적인 생각으로 물들이고 싶습니다."

저는 시카고 대학 생각을 굉장히 많이 하는데, 시카고 대학은
제 생각을 통 하지 않는 것 같습니다. 저는 시카고 대학 인류학
과에서 몹시 주변적인 인물이었죠.

시카고에 오기 전까지, 저는 인문학이나 사회과학을 전공한
적이 없었습니다. 코넬 대학에서 화학을 공부했죠. 그러고는 제
2차세계대전에 망할 보병으로 참전했습니다. 그게 제 삶에서 큰
부분을 앗아갔습니다.

귀환 장병들은 시카고 대학에서 시험을 봤습니다. 퇴역 군인
들의 일반적인 지식수준을 시험하는 것이었죠. 시카고 대학은
물리학, 화학, 수학 과목에서 제가 이미 따놓은 학점을 인정해주
었고, 저는 인류학과 대학원생으로 입학했습니다.

전쟁을 겪고 나니 인간을 연구해보고 싶어지더군요. 사실 인간 연구는 대학교 2학년 때 하는 게 옳은 것 같지만, 대학원에서라도 하는 게 아예 안 하는 것보다는 낫겠죠. 그리고 그건 재밌었습니다.

코넬 대학에서 삼 년치 이상의 학점을 얻었지만, 학사 학위를 받기까지 저는 일 년이 모자랐습니다. 허친스가 만든 체제 덕분에 이 년 과정을 마치면 학사 학위를 받을 수 있었는데, 저는 받지 못했습니다.

그래서 석사 학위를 받으려면 제게 최소한 삼 년이 더 필요했습니다. 그래도 좋았습니다. 그즈음은 제 인생에서 아주 흥미진진한 시절이었으니까요.

저는 준비된 사람이었습니다. 대학에 입학했을 때 저는 토머스 울프*와 비슷했습니다. 울프는 너무 흥분한 나머지 나무 사이를 질주하고, 돌담을 오르고, 개처럼 짖었죠.

젠장, 저는 육군 이병이었습니다. 그 삼 년 동안 제 삶은 엉망이었습니다. 그에 비하면 대학교 생활은 사치스러웠습니다. 지적 자극이 엄청났거든요.

그러나 제게는 아내와 자식이 있었고 시카고 대학에서는 제 학위 논문을 통과시키지 않았습니다. 수업이 없으면 저는 시카고

---

* 미국 작가(1900~38).

시티 보도국에서 일했습니다. 또한 대학보다는 가족과 많은 시간을 보냈습니다. 아내와 자식이 있었던 저는 완전히 분리된 두 개의 삶을 살았습니다. 대다수 학생들은 그렇지 않았죠. 다른 사람들은 여름에 유물 발굴이나 현장 조사를 나갔지만 저는 그럴 수 없었습니다. 아내와 자식이 있었기에, 계속 일을 해야 했습니다.

인류학과에는 로버트 레드필드라는 슈퍼스타 교수님이 한 분 계셨습니다. 당시 빅토리아시대 인류학은 철저히 부정됐습니다. 빅토리아시대 사람들이 신체적 진화뿐 아니라 문화적 진화도 있다 가정했기 때문이었습니다. 그들은 사람들이 일부다처제에서 일부일처제로, 다신교에서 일신교로 진화했다고 믿었습니다. 레드필드 교수님은 이렇게 말했습니다. "자, 잠깐만요, 모든 사회가 거쳐간 공통된 단계가 있습니다. 제가 그 사회를 묘사해드리죠." 그분은 그 사회를 민속사회라 불렀습니다.

민속사회는 아웃사이더로부터 단절되고 고립된 사회입니다. 이 사회는 공통된 신념 체계와 광범위한 친족 관계가 특징입니다. 모든 사람이 찾던, 안락한 사회처럼 보이죠.

저는 시카고 대학 공동체를 일종의 민속사회로 보았습니다. 그리고 저는 거기서 아웃사이더였습니다. 인류학과 사람들은 저를 받아들였지만, 저는 무리에서 소외된 느낌을 받았습니다. 그들이 저를 나쁘게 대하지는 않았습니다. 그러나 그들은 이미 하나의 가족이었습니다.

소설가로서 저의 역설적인 거리두기는 인류학과 학생으로서 제가 경험한 것과 연관이 있습니다. 제가 문화상대주의자가 된 것도 인류학의 영향이었습니다. 모든 사람은 문화상대주의자가 되어야 합니다. 전 세계인이 문화는 도구이며, 자기 문화가 다른 문화만큼이나 자의적라는 점을 배워야 합니다.

이는 중요한 가르침입니다. 그러나 어떤 사람은 평생 동안 한 번도 못 들어보는 이야기죠. 그리고 그들이 어른이 되고 나면 그런 가르침을 견디지 못합니다.

문화는 도구입니다. 우리가 물려받은 도구입니다. 고장난 석유 버너를 고치듯 고칠 수 있는 물건입니다. 여러분은 그것을 끊임없이 고칠 수 있습니다.

저는 석사 논문에서 급진적 문화 변화가 일어나기 위한 조건을 연구했습니다. 사회가 45도, 혹은 90도로 방향을 틀려면 어떤 집단이 있어야 할까요? 우리에게 필요한 것은 진정한 천재 한 명인 것 같습니다. 그리고 공동체 내에서 인정받는 매우 똑똑한 두 명도 꼭 필요합니다. 그중 한 명은 이렇게 말합니다. "이 사람은 미치지 않았어." 그리고 나서 해설자가 한 명 있어야 합니다. 입체파의 경우 피카소가 있었고, 자기들이 무엇을 하는지 설명한 브라크*와 아폴리네르**가 있었습니다(피카소는 자기가 무슨 짓을 하는지 설명하지 않았습니다. 그에겐 그건 너무 성가신 일이었겠죠).

저는 석사 논문에서 입체파와 아메리카 원주민들의 <u>고스트 댄스</u>를 다루었습니다. 매우 똑똑한 시드니 슬롯킨 교수님이 제 논문을 지도하셨습니다. 그분도 인류학과에서 아웃사이더였습니다. 그분은 나중에 인류학과에서 나오셨습니다. 그곳 사람들과 너무 달랐으니까요.

저는 어떻게 변화가 일어나는지를 연구했습니다. 그러나 소설가는 세상을 변화시킬 수 없습니다. 불가능합니다. 의지력이 없거든요. 언론인도 아니고, 한자리 차지한 것도 아닌 사람이 어떻게 군수나 외교 정책이나 석유와 같이 복잡한 문제에 관해 발언을 할 수 있단 말입니까? 도대체 무슨 자격으로요? 정부가 다음에 할 일을 소설가가 말할 수 있을까요?

소설가들의 위치는 웃깁니다. 그들은 아무런 자격이 없습니다. 배지도 없고, 관직을 차지한 것도 아니면서 여기저기를 파헤치고 다닙니다. 많은 사람들을 짜증나게 만들죠. 우리 소설가들은 어떻게 감히 그런 짓을 저지를 수 있을까요?

그러나 소설가들은 청년들에게 엄청난 영향을 줄 수 있습니다. 저는 열네 살부터 스무 살까지 손에 잡히는 건 죄다 읽었고,

---

* 조르주 브라크(1882~1963). 프랑스의 화가로 입체파의 중심적 존재였다.
** 기욤 아폴리네르(1880~1918). 프랑스의 소설가·시인으로 초현실주의의 대가.

어떤 사상에 대한 거부감 같은 것도 없었습니다. 저는 헤밍웨이, 스타인벡, 더스 패서스, 제임스 T. 패럴*을 읽었고, 그들의 정치적 입장은 곧 저의 입장이 되었습니다.

저는 몇몇 청소년들이 제 덕분에 평화주의자가 되었다고 생각하곤 합니다. 사실 저는 제 소설의 메시지가 무엇인지 잘 모릅니다. 그러나 저는 사람들이 자기방어 능력을 기르기 전에 그들을 인도적인 생각으로 물들이고 싶습니다.

저의 어릴 적 꿈은 암을 치료하는 것이었습니다. 그럴 가능성은 거의 없었죠. 하지만 제 형이 과학자였기에 저도 과학자가 되려고 했습니다.

제가 되고 싶었던 건 전부 그런 것들이었습니다. 지금 저의 모습과는 거리가 있죠.

아버지께서 한참 동안 저에게 건축가가 되는 것에 관해 말씀하신 적이 있었습니다.** 그러나 나중에는 자기연민에 빠져서 "다 좋은데 건축가만 되지 말거라" 하고 말씀하셨습니다.

만약 일이 뜻대로 풀렸더라면, 저는 지금쯤 인디애나폴리스에서 건축가 일을 하고 있을 겁니다. 그러나 저는 화학자가 되겠다며 코넬 대학으로 진학했습니다.

---

* 어니스트 헤밍웨이(1899~1961), 존 스타인벡(1902~68), 존 더스 패서스(1896~1970), 제임스 T. 패럴(1904~79). 모두 미국의 작가들.
** 보니것의 아버지는 인디애나폴리스의 건축가였다.

그리고 만약 시카고에서 일이 뜻대로 풀렸더라면, 저는 신문 기자나 편집장이 되었을 겁니다. 아니면, 파업을 파괴하는 위치에 올라 있을지 누가 압니까?

대학원 시절에 일했던 시카고 시티 보도국은 자만심으로 가득한 집단이었습니다. 거기서 일하는 우리는 불한당들이었죠. 시카고 언론인들 중에는 그곳에서 일을 시작하는 경우가 많았습니다. 그곳에서 일해야 시카고에 있는 신문사에 일자리를 얻을 수 있다는 설이 있었습니다. 그러니 거기서 시작해야만 했죠.

시카고 시티 보도국에서 일하면서 저는 지금이라면 하지 않을 행동을 했습니다. 저는 시내 어디든 들어가서 사람들과 그들의 삶에 관해 이야기를 나누었죠.

기자로서 저는 경찰서란 경찰서는 모조리 다 출입하고 소방서에 전화를 걸었으며 해안경비대에 이렇게 물었습니다. "별일 없나요?" 저는 여덟 시간 동안 동서남북을 전부 돌아다녔습니다.

기자들은 무엇이든 찾아다녔습니다. 일부 기자들은 총을 소지하기도 했죠.

한번은 시체를 발견한 적도 있습니다.

저는 원고 담당 사환으로 일을 시작했습니다. 누군가 다른 곳으로 이동해 제가 기자가 되는 순간이 오기를 기다리며 사무실에 처박혀 있었죠. 어느 일요일, 저는 경찰 무전기를 켜고 사무실에 있었습니다. 그리고 세 블록 떨어진 건물에서 어떤 남자가 엘리베이터 사고로 죽었다는 무전 보고를 들었습니다. 사무실에 저 말고 아무도 없었기에 저는 그곳으로 향했습니다. 소방관, 경찰과 동시에 현장에 도착했죠.

엘리베이터 천장이 주저앉으면서 엘리베이터 운전수를 덮치는 사고가 발생한 것이었습니다. 저는 짜부라져 죽은 사람의 시체를 봐야 했습니다.

저는 전화로 이야기를 전달했고 편집장이 제게 말했습니다. "좋아, 부인에게 전화해. 부인이 뭐라고 하는지 들어봐."

제가 대답했습니다. "그렇게는 못 하겠는데요."

편집장이 말했습니다. "할 수 있어."

너무나 비열한 짓이었습니다! 지금이라면 안 하겠죠. 만약 시카고 시티 보도국에서 더 오래 일했더라면, 그런 일에 신물이 났을 겁니다.

그럼에도 기자 경험은 소설가로서 저에게 커다란 영향을 미쳤습니다. 많은 비평가들은 제가 멍청하다고 생각합니다. 제 문장이 단순하고 제 작법이 너무 단도직입적이기 때문이죠. 평론가들은 그걸 단점으로 여깁니다. 하지만 아닙니다. 최대한 빨리, 아는 만큼 쓰는 게 중요합니다.

언론에서는 기사를 읽지 않고도 편집할 수 있게끔 중요한 사건들을 전부 도입부에 배치해서 글을 쓰라고 가르칩니다. 그래서 저는 제 책에서 초반 몇 쪽에 걸쳐 앞으로 무슨 일이 일어날 것인지 미리 말해줍니다. 아이오와 대학 글짓기 워크숍에서 학생들을 가르칠 때, 저는 이렇게 말하곤 했습니다. "자, 여러분이 죽더라도 독자가 여러분을 대신해 이야기를 완성할 수 있도록 쓰세요."

저는 시카고에서 소설을 쓰지 않았습니다. 뉴스 기사와 인류학 논문만 썼습니다. 단편소설을 써서 팔기 시작한 건 나중이었습니다. 그리고 이렇게 말했죠, 나도 이제 작가인가 봐!

제가 대학을 떠날 때쯤, 학과 게시판에는 인류학자 채용공고 목록이 붙어 있었습니다. 물론 전부 박사들을 찾는 광고였죠.

저는 제너럴일렉트릭 사 홍보부 일자리를 제안받았고, 그 일을 해야겠다고 생각했습니다. 처자식이 있었기 때문에 다른 일자리를 기다릴 수 없었습니다. 그래서 제너럴일렉트릭 사에 들어갔습니다.

여러분도 가령 대공황 때 살았더라면 아마 아무 일자리나 받아들였을 겁니다. 이런저런 일이 나의 일이라는 느낌 따윈 없었을 겁니다. 그냥 무슨 일이든 다 좋았겠죠.

시간이 흘러 저는 케이프코드에 살았고 돈이 필요했습니다. 고등학교 선생님이 되고 싶었지만 대학 졸업장이 없었습니다. 시카고 대학이 제 학위 논문을 통과시키지 않았기 때문이었죠. 저는 대학에 칠 년을 다니고도 학위를 받지 못했습니다.

그래서 저는 시카고 대학에 편지를 보냈습니다. "저기요, 여러분, 제가 학사 과정에서 요구되는 것보다 훨씬 더 많은 학점을 땄는데, 최소한 학사 학위 정도는 줄 수 없을까요?"

그러자 대학에서 답장을 보내왔습니다. "미안하지만 그럴 수 없습니다. 복학해서 수업을 하나 더 들어야 합니다." 그 과목은 아마 '문명 조사'였을 겁니다. 죽었다 깨어나도 저는 그렇게 할 수 없었습니다. 그즈음 자식이 여섯이었거든요.

그래서 저는 학위를 받지 못했습니다. 그렇지 않더라면 저는 교사가 되었을 겁니다. 저는 그 점이 상당히 화가 납니다.

저는 다른 학위 논문을 썼습니다. 이야기의 수학적 형태에 관한 논문이었죠. 그리고 그것도 거절당하고 말았습니다.

상황이 점점 악화되었습니다. 결국, 저는 하버드 대학에서 학위도 없이 강의를 맡았고, 시카고 대학 일은 잊어버렸습니다. 그런데 시카고 대학에서 새롭게 사회과학부를 책임지게 된 사람이 저에게 편지를 보냈습니다.

편지의 내용은 이랬습니다. "저는 얼마 전 사회과학부 학장이된 사람입니다. 서류들을 살펴보다가 귀하의 이름이 적힌 두터운 봉투를 하나 발견했습니다. 그래서 그것을 읽었습니다." 그러고는 이렇게 덧붙였습니다. "좋은 소식을 드리게 되어 기쁩니다. 시카고 대학 규칙에 따르면, 귀하가 우수 도서를 한 권 출간하면 석사 학위를 받을 수 있습니다."

저는 『고양이 요람』으로 석사 학위를 받았습니다.

인류학 소설입니다. 그러나 허구의 인류학이죠. 저는 그 책에서 허구의 사회를 다루었습니다.

그래서 저는 결국 석사 학위를 받았습니다. 아버지께서는 임종하실 때 이렇게 말씀하셨습니다. "고맙구나, 아들아. 너는 한 번도 소설에 악당을 등장시킨 적이 없었지." 제 책의 비밀 재료는 악당이 한 번도 등장한 적이 없다는 것이었습니다.

시카고 대학에서 우리가 연구했던 몇몇 문화들은 정말 무시무시했습니다. 아즈텍족은 사람의 심장을 끄집어냈습니다. 정말 무섭죠. 마야족도 다르지 않았습니다. 심지어 구성원들이 평화롭게 살아가는 온순한 사회에서도 온갖 잔혹 행위들이 발생했습니다.

사회는 악당이 될 수 있습니다. 어머니들처럼요.

제가 보기에 고결한 사람이 되는 것보다 잔인한 사람이 되는 게 더 어려운 일 같습니다. 저는 비판적인 사람이지만 비관주의자는 아니거든요.

인간이 할 수 있는 일을 보십시오! 인간은 다재다능합니다. 인간은 외발자전거를 탈 수 있습니다. 하프도 연주할 수 있습니다. 분명히, 무엇이든 할 수 있습니다.

어쨌든, 저는 시카고 대학을 좋아했습니다. 시카고 대학은 저를 좋아하지 않았지만요.

13
지금 아는 걸 그때도 알았더라면
'94년 졸업반 학생들에게 주는 충고'
(〈코넬 매거진〉, 1994년 5월호)

"그때 사교 클럽에 가입하지 않았더라면,
술에 취하지 않았더라면!"

코넬 대학은 제가 아버지와 형의 잘못된 조언을 듣고 생화학
자가 되려고 시도했다가 실패한 곳입니다. 그 이후 지금까지 저
의 직업과는 별 상관이 없었죠. 저의 직업은 〈코넬 데일리 선〉
에 글을 기고하고 편집했던 흥미진진한 모험과 더 밀접히 연관
되어 있습니다만, 물론, 코넬 대학과는 별로 상관이 없는 곳이
었죠.

충고요? 누군가 제게 사교 클럽에 가입하지 말고 당시 수가
많지 않았던 무소속 학생들과 어울려야 한다고 조언했어야 했
습니다. 그러면 저는 더 빨리 성숙했을 겁니다. 누군가 제게 술
에 취하는 것이 위험하고 어리석은 짓이라고 조언했어야 했습
니다. 그때는 그게 유행이었지만요. 그리고 누군가 제게 고등교

육을 포기하고 대신에 신문사에서 일하라고 조언해야 했습니다. 당시 젊은 작가들 중에서도 전도유망하고 심지가 굳은 작가들은 그렇게 했죠. 물론, 여러분은 요즘 대학 졸업장이 없으면 신문사에 취직할 수 없습니다. 애석한 일이죠.

제가 코넬 대학에서 경험한 건 아주 괴상한 것들이었고, 그 이후 경험과 마찬가지로 주로 우연한 것들이었습니다. 따라서 일흔 살의 제가 여러분께 주는 조언은, 제가 난생처음 인디애나폴리스에서 멀리 떨어진 이곳 이타카에 내렸던 1940년에 제가 저 자신에게 했어야 했던 조언입니다. "모자를 꾹 눌러쓰세요. 여기서 수 마일 떨어진 곳까지 날아갈지도 모릅니다!"

14
미국에서 검열을 가장 많이 당한 작가
'사상 살인자들'

(〈플레이보이〉, 1984년 1월호)

"오늘날 우리는 불평할 거리가 얼마나 많이 줄었습니까
이제는 아파도 비명을 지를 줄 모르는,
사상에 대한 폭력만 상대하면 되니까요."

제가 적극 지지하는 단체인 미국인권옹호연맹이 제가 미국에서 검열을 가장 많이 당한 작가일 거라고 하더군요. 제 부모님이 살아 계셔서 그 말을 들으셨어야 하는데요. 아버지의 유언은 이것이었습니다. "너는 앞으로도 별 볼 일 없을 게다." 아버지께서 실제로 그렇게 말씀하시지는 않았습니다. 제가 '농담'을 좀 해보았습니다. 농담하기는 미국 수정 헌법 제1조에 의해 보호됩니다. 전능하신 하느님에 관한 농담도요.

최근 수정 헌법 제1조가 공격을 받는 와중에도 선생님들과 도서관 사서님들은 믿을 수 없을 정도로 용기 있고, 명예롭고, 애국적이면서 또한 지적이셨습니다. 수정 헌법 제1조의 내용은 다름 아닌 이것입니다. 미국인들은 원하는 것은 무엇이든 자유롭게 읽고 출판할 수 있다. 물론, 중상모략과 비방은 법의 보호를 받을 수 없다.

만약 제가 검열을 많이 당했다면, 그건 선생님들과 사서님들이 제 책을 많이 옹호해야 했다는 뜻입니다. 저는 100만 분의 1초도 제 책이 너무 진실되고 아름다워 그분들이 옹호했다고 생각하지 않습니다. 그분들 중 상당수는 제 작품을 싫어할지도 모릅니다. 비록 제 작품이 최악의 경우에도 바나나를 밟는 것보다는 덜 위험하더라도 말입니다. 그분들은 다른 작가의 작품이 아니라 제 작품을 옹호하셨습니다. 왜냐하면 그분들이 준법 시민이고, 우리 건국의 아버지들과 마찬가지로 유권자들이 온갖 종류의 의견과 정보를 볼 수 있는 권한을 갖는 것이 민주주의의 핵심이라는 사실의 중요성을 잘 아셨기 때문입니다

우리 건국의 아버지들 덕분에 그것이 이 나라의 법이 되었습니다. 어떤 사상이든 일단 표현되고 나면 몇몇 사람이 보기에, 아니 모든 사람이 보기에 아무리 불쾌할지라도 정부가 그걸 없앨 수는 없습니다. 설사 이 나라 국민 가운데 압도적인 다수의 사람들이 이런저런 사상을 제거해야 한다고 표를 던지더라도, 수정 제1조 때문에 사상을 죽이는 것은 불법일 것입니다. 수정 제1조 조항은 다음과 같습니다.

수정 제1조. 의회는 국교國敎를 정하거나 자유로운 신앙 행위

를 금지하거나, 언론 또는 출판의 자유를 제한하거나, 평화롭게 집회를 열 수 있는 권리 및 불만을 해결하기 위해 정부에 청원할 수 있는 권리를 제한하는 법률을 제정할 수 없다.

저는 여기서 주로 표현의 자유에 관심이 있습니다만, 수정 제1조의 권리는 교회와 국가의 분리나 국민이 정부에 불만을 제기할 권리와도 연관되어 있는 것을 볼 수 있습니다.

우리의 대단히 고요한 민주주의 국가에서 수정 헌법 제1조를 상대로 전쟁이 벌어지고 있는 것일까요? 지금 이 원고의 초고에는 호전적인 묘사들이 많았습니다. 어쨌든 저는 전쟁 영웅이니까요. 저는 제2차세계대전중에 다른 이들을 구하기 위해 자진해서 독일군에게 잡힌 바 있습니다.

호전적인 표현이 많은 그 초고를 크게 읽는다면 〈1812년 서곡〉*처럼 들릴 겁니다. 초고에서 선생님들과 사서님들은 물이 차 있는 포탄 구멍에 빠져 있고 그 위로 가시철사가 늘어져 있습니다.

---

* 러시아의 표도르 일리치 차이코프스키가 작곡한 관현악곡. 러시아가 나폴레옹의 군대를 물리친 것을 기념하기 위해 만들었으며, 곡의 생생한 전투 묘사와 호전적인 분위기로 유명하다.

저나 여러분처럼 사회 문제에 관심이 많은 시민들은 전선에서 200마일 떨어진 방공호에 위치한 장교 회관에 있을 겁니다. 검열자와 분서주의자 들은 독일식 군모를 쓰고 덤덤탄*을 쏘거나 독가스를 뿌리고 있겠죠. 선생님들과 사서님들에게 수정 헌법 제1조를 포기하라고 소리치면서 말입니다. 선생님들과 사서님들은 앤서니 C. 매콜리프 장군이 벌지 전투중 궁지에 몰렸으니 항복하라는 독일군의 말에 답하며 했던 말을 소리쳤을 겁니다. 바로 이렇게요. "미쳤군, 미쳤군, 미쳤어!"

그러나 검열자와 분서주의자 들이 인간만도 못한 미치광이 적군은 아닙니다. 그들은 평범하고 사람들에게 호감을 살 만하며 정직한, 우리의 이웃입니다. 그런 사람들과 우리 같은 사람들 사이에는 갈등이 있고, 종종 그 때문에 법정에도 갑니다. 왜냐하면 그들은 헌법보다 우월한 법이 두 개 있다고 진심으로 믿기 때문입니다. 그 법은 자연법과 그것보다 위에 있는 신법입니다.

그들에게, 법의 위계질서란 한 벌의 카드와 같습니다. 신이 만든 법은 에이스 카드이며, 자연이 만든 법은 킹 카드이고, 사람이 만든 법은 퀸 카드입니다. 그러면 이중주차 금지법은 2점짜리 카드쯤 되겠군요.

따라서 검열자가 이 민주주의 사회에서 자유롭게 소통되는

---

* 목표물에 맞으면 여러 조각으로 분리되는 탄알.

사상을 보거나 들었을 때, 만약 그 사상이 검열자 자신과 아마 다른 많은 사람들에게 거슬리는 것이라면, 그 검열자는 혼자서 혹은 정부의 힘을 빌려 그 사상을 담고 있는 모든 매체들―책, 잡지, 영화 등―을 제거하려 노력할 것입니다.

누군가가 그 행동이 헌법에 위배된다고 비판하면서 검열자에게 반대하면, 그는 헌법은 퀸 카드에 불과하다고 대꾸할 것입니다. 그는 주머니에 손을 집어넣어 네 장의 킹 카드를 끄집어낼 것입니다. 자연법 카드죠. 그 카드에는 진실한 사람은 주변에 누가 있을 때 남들이 좋아하지 않는 사상을 말해선 안 된다 등등이 쓰여 있겠죠.

검열자는 그 말을 이해시키고는, 다음으로 신법을 뜻하는 네 장의 에이스 카드를 꺼낼 것입니다. 전지전능하신 하느님께서는 당신이 싫어하는 그 사상이 없어지길 바라십니다.

그럼 검열자가 이길까요? 미국에서는 아닙니다. 이란이라면 모르겠군요. 하지만 그러려면 코란을 읽어야겠죠.

이 나라에서는 그런 카드놀이를 하지 않는데, 검열자들은 그 사실을 인정하기 어려워합니다. 이 나라 사람들은 헌법이라는 도구를 통해 서로 이렇게 동의했습니다. 공공의 일에 관한 한, 신법과 자연법을 따르는 것처럼 행동하지 않겠다고 말이죠.

이런 동의는 로큰롤이나 정면 누드에 따라오는 최신 고안 장치가 아닙니다. 검열하는 사람들은 그 옛날 좋았던 미국의 기본으로 돌아가자고 말합니다. 때때로 수정 헌법 제1조가 아무리 골치 아프게 느껴지더라도, 우리와 그들 모두 그걸 지켜야만 온전한 미국인이 될 수 있다는 것에 대해 그들이 어떻게 반대할 수 있을까요?

검열자들도 인정할 겁니다. 우리가 인간을 대하는 방식과 관련해 이 영토 안에서 발생한 가장 부끄러운 사건들은 신법이나 자연법에 대한 몇몇 사람들의 생각이 헌법보다 우선했을 때 일어났다는 사실을요. 노예제 말입니다. 엊그제, 그러니까 저희 증조부 때만 해도 많은 미국인들이 노예제가 자연스럽고, 심지어 신이 명하신 것이라고 믿었습니다. 피조물에 불과한 인간의 법이 집행됐을 때에야 노예제가 불법이 될 수 있었죠.

저의 반생애 동안, 흑인에 대한 린치는 놀랄 만큼 자주 일어났고, 그전에도 항상 그랬습니다. 그 폭력이 신법과 일치한다고 말한 사람은 많지 않았지만, 자연법과 잘 맞는다고 생각한 사람들이 대다수였을 것입니다. 한 공동체가 다른 누군가를 너무 증오한 나머지 그 사람을 목매달거나 태워서 죽이는 것만큼 자연스러운 일이 또 어디 있겠습니까? (공교롭게도, 그 범죄자를 거세하는 것이, 그 자연의 의식에서 자연스러운 예비 의식이었습니다. 가족을 보호하는 데 그보다 더 좋은 방법이 어디 있겠습니까?)

오십 년 전이라면 우리는 이렇게 인간을 상대로 폭력을 사용하는 일에 반대하고 있었을 것입니다. 오늘날 우리는 불평할 거리가 얼마나 많이 줄었습니까. 이제는 아파도 비명을 지를 줄 모르는, 사상에 대한 폭력만 상대하면 되니까요.

그럼에도 여전히 동일한 문제가 남습니다. 독실한 사람들이 신과 자연의 법이라고 믿는 법에 호소한다고 해서, 미국 헌법이 휴지조각 취급을 받아야 할까요? 만약 우리가 그런 일이 발생하도록 내버려둔다면, 다른 사람들에게 린치를 가하고 심지어 그들을 노예로 만들었던 그 옛날 좋았던 미국으로 돌아가지 못할 이유는 없습니다. 범죄와 맞서 싸우는 데 이보다 더 좋은 방법이 있나요?

만약 우리가 노예제로 돌아간다면, 지금과는 달리 사상은 진정으로 위험한 것이 될 수 있습니다. 상상해보십시오. 노예들이 어느 날 우연히 헌법 한 권을 구해서, 그가 가진 의견이나 피부색 등등에 상관없이 모두가 자신이 원하는 것은 무엇이든 말할 수 있고 자유롭고 평등하다는 점을 알게 되는 상황을요.

저는 린치당하는 사람들이 겪은 고통과 그들이 지르는 비명에 대해 이야기했습니다. 그들의 고통을 다시 한번 말씀드리겠습니다. 검열자들은 모든 사람이 볼 수 있도록 자유롭게 유통되는 이런저런 사상이나 이미지를 봤을 때 진짜 고통을 느끼곤 하죠. 저도 종종 그런 고통을 느낍니다. 뉴욕 42번가*에 가면 저는 죽고 싶습니다. 몇 년 전에 미국 나치당이 일리노이 주 스코키에서 행진을 하겠다고 했을 때 사려 깊은 미국인들 중에서 역겨움을 느끼지 않은 사람은 없을 것입니다. 우리는 그 고통을 견뎌야 했습니다. 우리에게도 자기 생각을 마음대로 말할 권리가 있으니까요. 아무리 남들에게 인기가 없는 생각이어도 말입니다.

건국의 아버지들은 미국식 정부 형태를 유지하기가 어렵지 않을 거라고, 권리장전을 지키는 것이 언제나 즐거울 거라고 약속한 적이 없습니다. 미국인들은 고통을 회피하는 것을 자랑으로 삼는 사람들도 아닙니다. 사실 국경일마다 우리는 미국인들이 자유를 수호하기 위해 얼마나 많은 고통을 견뎌왔는가를 자랑합니다. 가시철사가 드리워진 곳을 지나 물로 채워진 포탄 구멍에 빠지면서 말입니다.

따라서 미국인들에게 검열자가 되지 말라고 요구하는 것은 지나친 요구가 아닙니다. 모두의 자유를 위해 사상들로 깊은 상처를 입는 걸 기꺼이 감수하라는 요구도 지나치다 할 수 없습니다. 만약 우리가 추악한 사상 하나 때문에 상처를 입는다면, 우리는 그것을 자유의 대가로 여겨야 할 것입니다. 그리고 옛날 미국의 영웅들처럼 씩씩하게 자기 길을 가야 할 것입니다.

---

* 뉴욕 맨해튼 중심부의 번화가. 근처에 브로드웨이와 타임스스퀘어가 있다.

15
휴머니스트의 조건[*]
'우리 개는 왜 휴머니스트가 아닌가?'
(〈휴머니스트〉, 1992년 11·12월호)

"우리 개는 모든 사람을 좋아해요.
하지만 휴머니스트는 아니랍니다."

저는 한때 보이스카우트였습니다. 보이스카우트의 공식 구호는 '준비하라'죠. 그래서 저는 몇 년 전에 노벨문학상 수상을 대비해 연설문을 작성해두었습니다.

딱 여섯 마디입니다. 그 연설문을 여기서 써먹는 게 좋을 것 같군요. (옛말에 이르길 아끼면 똥 될 테니까요.)

제 연설문은 바로 이것입니다. "당신은 나를 늙디늙은 노인으로 만들었어."

---

* 1992년 미국휴머니스트협회는 보니것에게 '올해의 휴머니스트' 상을 수여했고. 이 글은 수상 연설문이다.

제가 이 엄청난 영광을 누리게 된 것은 그만큼 오래 살았기 때문이겠죠. 저는 린던 존슨*이 정치에 관해 한 말을 감히 휴머니즘에도 적용하고 싶습니다. 존슨은 이렇게 말했죠. "정치는 어렵지 않다. 그냥 어슬렁거리다가 장례식에 가면 된다."

저를 용서해주세요, 제가 이 시상식에서 엄숙하지 못했다면 말입니다. 저는 이 자리에 여러분의 친구로 온 것이지 상을 받으러 온 게 아닙니다.

H. L. 멩켄**은 작고하신 컬럼비아 대학 총장 니컬러스 머리 버틀러***를 가리켜 이 지구상의 다른 누구보다도 많은 명예학위와 훈장과 표창장을 받은 사람이라고 했습니다. 멩켄은 버틀러에게 우리가 해줄 수 있는 것이라고는 그를 금박지로 포장하고 광을 내서 태양보다 더 빛나게 만드는 것뿐이라고 말했습니다.

제가 휴머니스트라고 손가락질 받은 건 이번이 처음이 아닙니다. 이십오 년 전 제가 아이오와 대학에서 교편을 잡고 있을

---

* 미국 제36대 대통령(1908~73).

** 미국 작가이자 평론가(1880~1956).

*** 미국 교육자(1862~1947). 1931년 노벨평화상을 받았다.

때도, 한 학생이 느닷없이 이렇게 말하더군요. "교수님이 휴머니스트시라고 들었습니다."

제가 대답했습니다. "그래요? 휴머니스트가 뭔데요?"

그는 이렇게 말했습니다. "그게 바로 제가 묻는 겁니다. 그런 질문에 답하시라고 월급 받는 거 아니신가요?"

저는 제 월급이 쥐꼬리만하다고 말하고는 당시 저보다 어마어마하게 많은 월급을 받던 몇몇 정교수들의 이름을 댔습니다. 게다가 그분들은 철학 박사였습니다. 저는 그때도 철학 박사가 아니었고 지금도 아닙니다.

그러나 그 학생의 말은 쭉 제 가슴속에 박혀 있었습니다. 그걸 토해내서 들여다보려고 하던 중에, 불현듯 휴머니스트란 아마도 인간을 미친듯이 좋아하는 사람, 윌 로저스*처럼 싫어하는 인간을 만난 적이 없는 사람이겠구나 하는 생각이 들었습니다.

하지만 확실히 그 생각은 저를 말하는 것은 아닌 듯하군요.

오히려 우리집 개와는 잘 맞습니다. 우리집 개 이름은 샌디입니다. 샌디가 스코틀랜드 출신**은 아닙니다. 샌디는 풀리, 그러니까 얼굴이 털로 덮인 헝가리 양치기 개입니다. 저는 얼굴이 털로

---

* 미국 코미디언이자 영화배우(1879~1935).
** 샌디는 '스코틀랜드 사람'을 부르는 말이기도 하다.

덮인 독일계죠.

저는 샌디를 아이오와의 작은 동물원에 데려간 적이 있습니다. 샌디가 버펄로, 프레리도그, 너구리, 주머니쥐, 여우, 늑대 등을 보고 좋아할 줄 알았습니다. 특히 동물들의 냄새를 좋아할 줄 알았죠. 버펄로는 특히 악취가 엄청나거든요.

그러나 샌디는 사람에게만 관심을 보였고 사람들을 볼 때마다 꼬리를 흔들었습니다. 샌디에게 그 사람의 외모나 체취는 전혀 중요하지 않았습니다. 그 사람이 아기일 수도 있었습니다. 개를 싫어하는 주정뱅이일 수도 있었습니다. 메릴린 먼로만큼 풍만한 젊은 여성일 수도 있었습니다. 히틀러일 수도, 엘리너 루스벨트*일 수도 있었습니다. 그 사람이 누구든 샌디는 꼬리를 흔들었을 겁니다.

그러나 저는 샌디가 휴머니스트가 될 자격이 없다고 생각합니다. 브리태니커백과사전을 읽고 내린 결론입니다. 휴머니스트들은 가장 합리적이던 시절의 고대 그리스, 로마 문명과 르네상스 시대로부터 영감을 얻었다고 쓰여 있거든요. 린 틴 틴**이든 래시***든 그 어떤 개도 그런 적은 없었습니다. 게다가, 제가 알기

* 미국 여성운동가(1884~1962)이자 프랭클린 루스벨트 대통령의 부인.
** 제1차세계대전 당시 독일군 진영에서 발견된 개로. 이후 미국에서 영화에 출연해 유명해졌다.
*** 영화 〈달려라 래시〉(1954)의 주인공 개.

로 휴머니스트들은 자신의 관심사와 열정에 따라 눈에 띄게 현실적으로 행동합니다. 또한 상황을 판단할 때, 그러니까 지금 여기에서 보고 듣고 느끼고 냄새를 맡을 수 있는 모든 것을 판단할 때 전능하신 하느님 같은 건 고려하지 않죠. 샌디는 저뿐 아니라 모든 사람을 숭배합니다. 남녀불문하고 마치 모든 인간이 우주의 창조주이자 관리자인 것처럼 말이죠.

샌디는 휴머니스트가 되기에는 너무 멍청합니다.

공교롭게도, 아이작 뉴튼 경은 상황이 어떻든 흔히 말하는 전지전능한 하느님을 고려하는 것이 합리적인 행동이라고 생각했습니다. 벤저민 프랭클린*은 그런 적이 없을 것 같군요. 찰스 다윈은 상류 사회에서의 지위 때문에 그런 고려를 하는 척했습니다. 그러나 갈라파고스 섬에 방문한 후, 그는 그런 가식을 기꺼이 집어던졌습니다. 그게 겨우 백오십 년 전 일입니다.

벤저민 프랭클린 얘기가 나왔으니 잠시 그 얘기를 해드리겠습니다. 프랭클린은 프리메이슨** 단원이었습니다. 볼테르***, 프

---

* 미국 정치가이자 과학자(1706~90).
** 18세기에 결성된 비밀 단체로, 인도주의와 박애주의를 지향한다.

리드리히 대왕*도 단원이었고, 워싱턴, 제퍼슨, 매디슨**도 마찬가지였습니다.

아마 여기 계신 분들 가운데 대부분은 그런 위인들이 우리의 정신적 조상이라는 말을 들으면 영광이라고 생각하실 겁니다. 여기 이 모임이 프리메이슨 모임이 아닐 이유가 있나요?

혹시 이 연설이 끝난 후 제게 프리메이슨이 그뒤로 어떻게 잘못되었는지 설명해주실 분 계신가요?

❖

제가 아는 건 다음과 같습니다. 프랭클린과 볼테르가 살던 시대에 프리메이슨은 반가톨릭 조직으로 간주되었습니다. 로마 가톨릭 교회는 프리메이슨 단원이 된 사람을 파문시킬 수 있었습니다.

그 당시에는 로마 가톨릭 교도가 급격히 늘어난 상태라 최소한 뉴욕, 시카고, 보스턴에서 반가톨릭이 되는 건 정치적 자살행위나 마찬가지였습니다. 사업상으로도 자살행위였죠.

*** 프랑스 철학자이자 역사가(1694~1778). 계몽주의 운동의 선구자였다.

* 프로이센의 개혁 군주(1712~86)로, 볼테르와 철학적 교류를 나눴다.

** 미국 제1대 대통령 조지 워싱턴(1732~99), 제3대 대통령 토머스 제퍼슨(1743~1826), 제4대 대통령 제임스 매디슨(1751~1836).

제가 아는 한, 저의 진짜 조상 중에서, 그러니까 혈연상의, 유전자상의 조상 중에서—그들은 전부 독일계였는데—프리메이슨 단원이었던 분은 단 한 사람도 없었습니다. 저는 보니것 가문의 이민 4세입니다. 제1차세계대전 이전만 해도 많은 보니것들이 매우 점잖지만 그다지 심각하지는 않은 이런 조직에 참여했습니다. 그 조직은 '자유사상가'라고 불렸습니다.

몇몇 미국인들은 여전히 스스로를 자유사상가라고 부릅니다. 여기 계신 분들 중에도 그런 분들이 계실 겁니다. 그러나 자유사상가들은 더이상 공동체가 인식할 만큼 조직화된 형태로 존재하지 않습니다. 그건 자유사상가 운동이 지나칠 정도로 독일계 미국인을 중심으로 진행되었고, 미국이 제1차세계대전에 참전했을 때 대부분의 독일계 미국인들이 공동체와 동떨어진 존재로 보일만 한 활동을 죄다 중단해버렸기 때문이었습니다. 공교롭게도 많은 자유사상가들이 독일계 유대인이었습니다.

❖

제 증조부 클레먼스 보니것은 뮌스터* 출신의 이민자 상인이

---

* 독일 노르트라인베스트팔렌 주의 중심 도시.

셨는데, 다윈의 책을 읽고 자유사상가가 되셨습니다. 인디애나
폴리스에는 그분의 이름을 딴 공립학교가 있습니다. 증조부께서
는 오랫동안 그 학교 교육위원회 위원장을 맡으셨습니다.

따라서 제가 물려받고, 대표하는 휴머니즘은 르네상스나 기
원전의 이상화된 그리스, 로마가 아니라 상당히 최근의 과학적
발견과 진리 추구 방식에서 힘을 얻습니다.

저는 한때 생화학자가 되려 했습니다. 몹시 그리운, 우리의 친
애하는 형제 아이작 아시모프처럼 말입니다. 아시모프는 실제
로 생화학자가 되었죠. 저는 가망이 없었습니다. 그는 저보다 똑
똑했습니다. 공교롭게도 우리 둘은 그 사실을 알았죠. 그는 지금
천국에 있습니다.

제 조부와 아버지는 모두 건축가셨습니다. 정확히 계산된 양
의 건축자재를 사용해 인디애나폴리스를 실제로 바꾸셨습니다.
그런 재료들의 실체는 흔히 말하는 전지전능하신 하느님과 달
리 의심의 여지가 없었습니다. 나무와 철, 모래, 석회, 돌, 구리,
놋쇠, 벽돌, 모두 실재하는 것이었으니까요.

저의 유일한 살아 있는 형제이자 저보다 여덟 살이 많은 버나
드 보니것 박사는 물리화학자입니다. 그는 뇌우에서 전하를 분
배하는 문제를 고민하고 또 고민합니다.

그러나 이제 큰형은 말년의 아이작 아시모프처럼, 그리고 여
기 계신 분들 가운데 대다수처럼, 지금까지 정부의 손아귀에 들

어간 과학이 지금까지 스페인 종교재판과 칭기즈칸, 이반 대제, 엘라가발루스*를 포함해 정신이 나간 대부분의 로마 황제들보다 더 잔인하고 어리석은 결과를 낳았음을 인정하지 않을 수 없습니다.

엘라가발루스에게는 속이 텅 비고 몸통 한쪽에 문이 달린 철제 황소가 있었습니다. 그 철제 황소의 입에는 구멍이 뚫려 있어서 밖에서 내부의 소리를 들을 수 있었습니다. 그는 이 황소 안에 사람을 넣고는 황소의 배 아래에 장작불을 놓았습니다. 황제의 연회에 참석한 손님들은 황소 뱃속에서 흘러나오는 소음을 듣고 즐거워했을 것입니다.

우리 현대인들은 비행기나 미사일 발사대, 배, 방공포대에서 발사한 미사일로 인간을 산 채로 태우고 팔다리를 갈가리 찢어버리죠. 그들의 비명소리는 듣지 않지만요.

제가 인디애나폴리스에 사는 어린 소년이었을 때, 저는 고문실이 더는 존재하지 않는 것에 감사했습니다. 아이언 메이든**, 팔다리를 비트는 고문대, 엄지손가락을 죄는 기구, 구두모양 형

---

* 고대 로마 황제(204?~222). 폭정을 일삼고 음란한 축제로 국고를 탕진하다가 근위병들에게 암살되었다.

** 여성의 신체를 본뜬 철제 상자 안쪽에 못을 박아놓은 중세의 고문도구.

틀 등이 있는 고문실 말이죠. 그러나 요즘엔 그 어느 때보다 고문실이 많습니다. 이 나라가 아니더라도 다른 나라에는 많죠. 미국이 종종 우방이라 부르는 나라들 말입니다. 국제인권감시기구에 물어보세요, 국제앰네스티에도 물어보세요. 미국 국무부에는 물어보지 마세요.

그런 고문실의 참상─그것의 설득력─은 전쟁과 마찬가지로 응용과학과 전력 사용의 보편화, 인간 신경계神經系에 대한 상세한 이해 덕분에 발전할 수 있었습니다.

공교롭게도, 네이팜*은 하버드 대학 화학과가 인류 문명에게 준 선물입니다.

과학은 인간이 만든 또하나의 신입니다. 그래서 저는 비꼬기 위해서, 아이러니를 강조하기 위해서, 풍자하기 위해서가 아니라면 거기에 굽실거리지 않으렵니다.

---

* 코코넛 기름의 지방산과 화학물질을 혼합해 만든 알루미늄 비누. 휘발유와 섞어 폭탄이나 화염방사기의 원료로 쓰인다.

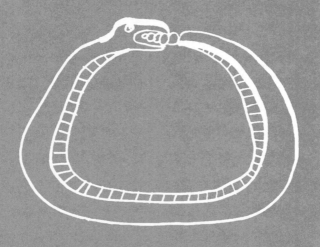

시대로부터 동떨어졌지만
생각해볼 만한 문장 모음

모자를 꾹 눌러쓰세요.
여기서 수 마일 떨어진 곳까지 날아갈지도 모릅니다!

❖

잘하든 못하든 예술을 하면 영혼이 성장합니다.
제발 부탁합니다, 샤워하면서 노래를 부르세요.
라디오 음악에 맞춰 춤을 추세요. 이야기를 하세요.

❖

진정한 공포는 어느 날 아침에 일어나보니
여러분의 고등학교 같은 반 친구들이
이 나라를 통치하고 있는 걸 발견하는 겁니다.

❖

우리 삶의 목적은, 그게 누가 살아가는 삶인가와 상관없이,
우리 주변의 사랑해야 할 사람들을 사랑하는 것입니다.

❖

제 아버지는 건축가이자 화가였지만
어니스트 헤밍웨이처럼 총에 미쳐 있었습니다.
당신이 여성스럽지 않다는 것을 증명하기 위해서였죠.
하지만 만취해서 사람을 때리지는 않으셨습니다.
그저 동물에게 총을 쏘는 걸로 만족하셨죠.

❖

훌륭한 지구, 우리는 지구를 살릴 수 있었습니다.
그러나 우리는 너무 불량하고 게을렀습니다.

❖

우리는 끊임없이 벼랑에서 뛰어내리고,
떨어지는 동안 우리 날개를 단련시켜야 합니다.

❖

여러분은 우리가 살고 있는 사회구조가
안정적이고 믿을 만하지 않다는
사실을 깨달아가고 있습니다.
여러분 주변의 여러분보다 나이 많은 사람들은
걱정이 많고, 변덕이 심하고, 얼빠진 인간들입니다.
며칠 전까지만 해도 그들은 작은 꼬마였습니다.
그래서 가정도 무너져내릴 수 있고
학교도 무너져내릴 수 있습니다.

대개 어린애 같은 이유 때문이죠……

❖

염력을 믿는 분은 제 팔을 들어주세요.

❖

만약 며칠씩 일이 술술 잘 풀린다면,
그건 아주 웃긴 우연입니다.

❖

인간의 또다른 결점은
모든 사람이 뭔가를 만들고 싶어하지만,
그걸 유지하는 일을 하려는 사람은 아무도 없다는 겁니다.

❖

할 수 있을 때 사랑을 나누세요.
그게 여러분에게 좋답니다.

❖

남성 미국 작가들은 더는 총을 쏘지 않아도 됩니다.
심지어 동성을 사랑할 수도 있습니다, 젠장, 마음대로 하라죠.
이건 아주 좋은 일이니까요.

❖

퀴어 여행 제안은 신이 내린 무용 수업입니다.

❖

휴머니스트들은 사후세계에서 받을 보상이나 처벌을 전혀

의식하지 않고 친절하고 명예롭게 행동하려 합니다.
우리는 아직 우주의 창조자가
누구인지 모르기 때문에, 우리가 조금이라도 이해하고 있는
최고 관념인 공동체에 최선을 다해 헌신하려 합니다.

❖

친구에게 시를 써주세요, 형편없는 시라도요.
최선을 다해 쓰세요. 커다란 보답을 받을 것입니다.
여러분은 뭔가를 창조하게 될 것입니다.

❖

자기야, 내가 아는 규칙은 딱 하나야—
젠장, 사람들에게 친절해야 한다는 거.

❖

저는 산상수훈에 매료되었습니다. 자비를 베풀어라,
제 생각에 이건 우리가 지금까지 떠올린 생각 중
유일하게 훌륭한 것입니다. 머지않아 우리는
훌륭한 생각을 하나 더 떠올리겠지요.
그러면 우리는 훌륭한 생각을 두 가지나 갖게 됩니다.

❖

멀쩡한 사람은 미친 사회에서 미친 사람처럼 보입니다.

❖

일부 등장인물들의 말이 거친 것은 사실입니다.

그건 현실에서 사람들이 거친 말을 쓰기 때문입니다.

가령 군인과 육체 노동자들이 거칠게 말하죠.

세상 물정을 전혀 모르는 아이도 이걸 압니다.

우리는 그런 말들이 우리 아이들을 그렇게까지

망치지 않는다는 사실을 압니다.

우리가 어렸을 때도 그런 말이 우리를 망친 건 아니었습니다.

우리에게 상처를 준 것은 사악한 행동과 거짓말이었죠.

❖

후손들이여, 제발 우리를 용서해주세요.

우리는 석유에 완전히 취했습니다.

❖

우리는 지난 한 세기 동안 미친듯이 자동차를 타고 다니며

은하계에서 유일하게 생명체가 살 수 있는

이 아름다운 행성에 치명적인 상처를 입혔습니다.

우리 정부는 마약과의 전쟁을 벌이고 있습니다, 그렇죠?

이제 그들이 석유를 추방하게 만듭시다.

석유가 얼마나 위험한지 말해보죠!

여러분이 자동차에 그걸 좀 넣고

시간당 100마일의 속도로 운전하면

이웃집 개를 들이박고 공기를 아작을 내버릴 겁니다.

❖

우리는 춤추는 동물입니다.

❖

절망은 독창성의 어머니입니다.

❖

도서관 사서들은 육체적으로 힘이 세거나
강력한 정치적 연줄이 있거나
돈이 엄청나게 많은 사람들이 아닙니다.
그럼에도 전국의 사서들은 서가에서 특정 책을 제거하려는
반민주적 깡패들에게 맞서 굳건히 저항했고,
그 책을 대출한 사람들의 명단을 보안경찰들에게 제공하기를
거부했습니다.

❖

저는 온갖 우연의 희생자입니다.
우리 모두 그렇죠.

❖

저는 커트라 불리는 우주 방랑자입니다.

❖

사는 게 다 그런 거죠……

ETC.

이 책은 『*If This Isn't Nice, What Is?, (Much) Expanded Second Edition: The Graduation Speeches and Other Words to Live By*』(2016)의 완역본으로, 기존에 출간된 동명 연설집의 증보판을 옮긴 것이다. 초판은 2013년에 전자책으로 출간되었다가 독자들의 반응이 좋아 이듬해 종이책으로 나왔다. 여기 수록된 삽화들은 보니것이 『챔피언들의 아침식사』(1973)를 저술하면서 작성한 공책들에서 발견된 것들이라고 한다.

이 책에 수록된 연설 중 가장 오래된 것과 가장 최근 것 사이에는 무려 삼십오 년이라는 시간이 놓여 있다. 가장 최근 연설은 아들 부시 대통령이 집권하던 2004년에 있었고, 가장 오래된 것은 리처드 닉슨 대통령이 집권하던 1972년의 것이다. 그러나 가장 오래된 연설도 전혀 낡아 보이지 않는다. 그가 전달하려 한 문제의식이 여전히 가치 있기 때문이다.

이 책의 번역 작업은 즐거웠지만 자기 시대의 인물들을 풍자한 보니것의 연설집이 과연 오늘날 어떤 가치가 있을까 잠시 고민한 적이 있었다. 그러나 미국에서 도널드 트럼프가 대통령으로 당선되고, 한국에서 광화문 광장이 촛불로 가득찬 현시점에 더는 그런 고민을 할 필요가 없게 되었다. 보니것이 연설 중에 한 말, "미치광이만이 대통령이 되고 싶어한다는 거죠"는 지금보다 더 잘 들어맞는 때가 있었을까 싶을 정도로 적절한 표현이다. 미국의 수많은 보니것 팬들은 '만약 그가 살아 있다면 트럼프에 대해 어떤 말을 했을까'를 궁금해한다. 보니것의 집요할 정도로 일관된 문제의식 덕분에 그것을 추측하기는 어렵지 않다.

아마 그는 '골프보다 더 미친' 현대의 미국 정치가 그를 대통령으로 만들었고, 한동안 "워싱턴에서는 세계에서 가장 시끄럽고 거만하고 무식한 억측"이 판을 칠 것이라고 비판할 것이다. 무슬림 등록제와 이주민 추방 정책을 포함해서 말이다. 보니것은 권력자들이 억측을 근거로 민초들을 괴롭히는 것을 혐오했다.

보니것은 트럼프가 "사회주의 비슷한 것"을 모두 무력화하고, 이른바 '적들에게 미국의 힘을 보여줌으로써 미국을 다시 위대하게 만들겠다'는 함무라비법전식 정책 아래 그 자신은 "나이와 지위라는 안전지대에 숨어서" 수많은 청년들을 전쟁으로 내몰 호전적인 대외 정책을 펼치려 한다고 비판할 것이다. 보니것은 트럼프를 "권력에 취한 침팬지"로 선언할 것이다.

한국 독자들에게는 뭐라고 답할까? "이 나라의 국고를 싹 털어…… 악당 친구들에게 바쳤다"는 그의 말은 오늘날 한국의 사태를 예견한 것이 아닐까 하는 생각이 들 정도다. 그의 풍자 정신에는 미국과 그의 시대를 뛰어넘는 보편성이 있다.

물론, 서문에 나와 있듯 보니것은 졸업식마다 똑같은 연설을 반복하지 않았다. 그는 보편적 문제를 늘 새로운 방식으로 풍자했기 때문에 그때그때 정치사회 상황에 맞는 새로운 표현을 생각해냈을지도 모른다. 보니것이 없는 지금, 새로운 풍자의 언어를 찾아내는 것은 독자의 몫이다.

앞으로 대통령과 정치 상황이 바뀌어도, 지배자와 지배받는 자, 부자와 빈민 등 사회적 부조리가 존재하는 한, "벌거벗은 임금님을 볼 수 있는 사람" 보니것의 말은 수많은 독자들에게 영감을 줄 것이다.

김용욱

1922년   미국 인디애나 주 인디애나폴리스에서 독일계 이민자 커트 보니것 시니어와 이디스 보니것 사이의 3남매 중 막내로 태어남. 본명은 커트 보니것 주니어.

1940년   코넬 대학에 입학해 생화학을 공부함. 〈코넬 데일리 선〉 편집을 맡음.

1942년   미 육군에 입대해 육군 특별 훈련 프로그램의 일환으로 카네기 공과대학과 테네시 대학에서 기계공학 교육을 받음.

1944년   어머니 이디스가 자살하고 석 달 후 유럽으로 파견됨. 벌지 전투에서 정찰병으로 적후를 살피던 중 독일군에게 포로로 잡혀 드레스덴으로 끌려감.

1945년   드레스덴 폭격에서 운좋게 살아남음. 이 경험은 이후『제5도살장 *Slaughterhouse-Five*』의 소재가 됨. 송환 후 소꿉 친구인 제인 마리 콕스와 결혼함. 시카고 대학 대학원에서 인류학을 공부함.

1946년   시카고 대학에서 논문이 통과되지 않아 학위를 받지 못함.

1947년   아들 마크 출생. 뉴욕 주 스케넥터디에서 제너럴 일렉트릭 사의 홍보 담당자로 일함.

1949년   큰딸 이디스 출생.

1950년	첫 단편 「반하우스 효과에 대한 보고서 *Report on the Barn-house Effect*」를 비롯, 단편 몇 편을 지면에 발표함.
1951년	제너럴 일렉트릭 사를 그만두고 매사추세츠 주로 이사함.
1952년	『자동 피아노 *Player Piano*』 출간.
1954년	작은딸 나넷 출생. 고등학교 영어 교사, 광고기획사 카피라이터, 자동차 영업사원 등의 일을 전전함.
1957년	아버지 커트 보니것 시니어 사망.
1958년	매형이 열차 사고로 사망하고 그 직후 누나마저 병으로 죽자, 누나의 세 아이를 양자로 들임.
1959년	『타이탄의 세이렌 *The Sirens of Titan*』 출간.
1961년	『마더 나이트 *Mother Night*』 『고양이 집의 카나리아 *Canary in a Cathouse*』 출간.
1963년	『고양이 요람 *Cat's Cradle*』 출간.
1965년	『신의 축복이 있기를, 로즈워터 씨 *God Bless You, Mr. Rose-water*』 출간.
1967년	드레스덴을 방문함.
1968년	『몽키하우스에 어서 오세요 *Welcome to the Monkey House*』 출간.
1969년	『제5도살장』 출간.
1970년	하버드 대학에서 문예창작 강의를 함. 희곡 〈생일 축하해, 완다 준 *Happy Birthday, Wanda June*〉이 공연됨.
1971년	시카고 대학에서 『고양이 요람』을 논문으로 인정받아 뒤늦게 석사 학위를 받음. 제인과 별거하고 뉴욕으로 이사함. 이후 뉴욕에서 사진작가이자 아동소설가인 질 크레멘츠를 만남.

1972년	미국 PEN 부회장에 선출됨. 『제5도살장』이 영화화되어 그해 칸 국제영화제 심사위원상, 이듬해 휴고상 드라마틱 프리젠테이션 부문 수상.
1973년	전미예술가협회 회원으로 선출됨. 뉴욕 시립대 영문학 석좌교수가 됨. 인디애나 대학에서 명예박사 학위를 받음. 『챔피언들의 아침식사*Breakfast of Champions*』 출간.
1974년	에세이, 여행기 등을 모은 『웜피터, 포마 그리고 그랜펄룬*Wampeters, Foma and Granfalloons*』 출간.
1976년	『슬랩스틱*Slapstick*』 출간. 이때부터 주니어를 빼고 커트 보니것이라는 이름으로 책을 출간함.
1979년	『제일버드*Jailbird*』 출간. 제인 마리 콕스와 정식으로 이혼하고 질과 결혼함.
1980년	그림책 『해 달 별*Sun Moon Star*』 출간.
1981년	연설문, 에세이 등을 모은 『종려주일*Palm Sunday*』 출간.
1982년	『데드아이 딕*Deadeye Dick*』 출간.
1984년	자살을 시도했으나 실패함.
1985년	『갈라파고스*Galápagos*』 출간.
1987년	『푸른 수염*Bluebeard*』 출간.
1990년	『호커스 포커스*Hocus Pocus*』 출간.
1991년	에세이 『죽음보다 나쁜 운명*Fates Worse Than Death*』 출간.
1996년	『마더 나이트』가 영화화됨. 영화에 커트 보니것 본인도 카메오로 등장함.
1997년	『타임퀘이크*Timequake*』 출간. 소설가로서 은퇴를 선언함.

1998년   『챔피언들의 아침식사』가 영화화됨.

1999년   미출간 단편들을 모은 단편집 『배곰보 코담뱃갑*Bagombo Snuff Box*』, 가상 인터뷰를 모은 『신의 축복이 있기를, 닥터 키보키언*God Bless You, Dr. Kevorkian*』 출간.

2000년   집에 화재가 나 병원 치료를 받음. 뉴욕 주 작가로 지명됨.

2005년   에세이 『나라 없는 사람*A Man Without a Country*』 출간.

2007년   맨해튼 자택 계단에서 굴러떨어져 머리에 큰 상처를 입고 입원, 몇 주 후 사망함.

2008년   미발표 유고집 『아마겟돈을 회상하며*Armageddon in Retrospect*』 출간.

2009년   미발표 단편집 『카메라를 보세요*Look at the Birdie*』 출간.

2011년   미발표 단편집 『세상이 잠든 동안*While Mortals Sleep*』 출간.

2012년   미발표 유고집 『멍청이의 포트폴리오*Sucker's Portfolio*』 출간.

2013년   졸업식 연설문 모음 『그래, 이 맛에 사는 거지*If This Isn't Nice, What Is?*』 출간.

지은이 커트 보니것
1922년 11월 11일 미국 인디애나폴리스에서 태어났고, 2007년 4월 11일 세상을 떠났다. 『타이탄의 세이렌』『마더 나이트』『고양이 요람』『제5도살장』 등의 소설과 풍자적 산문집 『신의 축복이 있기를, 닥터 키보키언』을 발표했다. 1997년 『타임퀘이크』 발표 이후 소설가로서 은퇴를 선언했고, 회고록 『나라 없는 사람』을 남겼다.

옮긴이 김용욱
단국대학교 사학과를 졸업하고 동대학원에서 동양사학을 공부했다. 옮긴 책으로는 『미국의 세계 제패 전략』과 『새로운 제국주의와 저항』(공역)이 있다.

문학동네 세계문학
그래, 이 맛에 사는 거지

1판 1쇄 2017년 1월 20일 | 1판 6쇄 2023년 3월 8일

지은이 커트 보니것 | 옮긴이 김용욱
책임편집 정혜림 | 편집 이현정 박인숙
디자인 엄자영 최미영 | 저작권 박지영 형소진 이영은
마케팅 정민호 이숙재 김도윤 한민아 이민경 안남영 김수현 왕지경 황승현 김혜원
브랜딩 함유지 함근아 박민재 김희숙 고보미 정승민
제작 강신은 김동욱 임현식 | 제작처 영신사

펴낸곳 (주)문학동네 | 펴낸이 김소영
출판등록 1993년 10월 22일 제2003-000045호
주소 10881 경기도 파주시 회동길 210
전자우편 editor@munhak.com | 대표전화 031) 955-8888 | 팩스 031) 955-8855
문의전화 031) 955-1927(마케팅) 031) 955-8861(편집)
문학동네카페 http://cafe.naver.com/mhdn
인스타그램 @munhakdongne | 트위터 @munhakdongne
북클럽문학동네 http://bookclubmunhak.com

ISBN 978-89-546-4417-4 03840

잘못된 책은 구입하신 서점에서 교환해드립니다.
기타 교환 문의 031) 955-2661, 3580

www.munhak.com

"세상에서 가장 웃기고 시니컬한 유머 작가"

커트 보니것

Kurt Vonnegut Jr.

타이탄의 세이렌 강동혁 옮김

우주여행중 불의의 사고로 미래를 내다볼 수 있게 된 남자 윈스턴 나일스 럼포드. 그는 자신의 아내이자 순수함의 결정체인 베어트리스와 지구에서 가장 운좋은 남자 맬러카이가 화성에서 가축처럼 교배되리라 예언하는데…… 보니것식 SF 어드벤처 클래식.

타임퀘이크 유정완 옮김

지금껏 한 번도 멈추지 않고 이어오던 팽창에 회의를 느낀 우주가 고민하는 동안 지구의 시간이 십 년 전 과거로 되돌아가고, 지구의 사람들은 기묘한 데자뷰를 느끼며 지난 십 년간의 일을 똑같이 되풀이하게 되는데…… 커트 보니것의 세계관이 집약된 마지막 소설이자 메타-회고록.

제5도살장: 그래픽노블 공보경 옮김

'만화계의 아카데미상' 아이너스상을 두 차례 수상한 만화가이자 기획자 라이언 노스가 각색하고 스페인의 저명한 만화가이자 일러스트레이터 앨버트 먼티스가 그림을 그렸다. "정신분열증적" 방식으로 서술된 『제5도살장』을 누구나 직관적으로 이해할 수 있는 작품.